月亮河

陈华美 著

春风文艺出版社
·沈阳·

图书在版编目（CIP）数据

月亮河 / 陈华美著. -- 沈阳：春风文艺出版社，
2024. 12. -- ISBN 978-7-5313-6903-5

Ⅰ. I227

中国国家版本馆CIP数据核字第2024S5U932号

春风文艺出版社出版发行

沈阳市和平区十一纬路25号　　邮编：110003

成都市兴雅致印务有限责任公司印刷

责任编辑：	孟芳芳	责任校对：	陈 杰
装帧设计：	四川悟阅文化传播有限公司	幅面尺寸：	145mm×210mm
字　　数：	213千字	印　　张：	8.75
版　　次：	2025年1月第1版	印　　次：	2025年1月第1次
定　　价：	68.00元	书　　号：	ISBN 978-7-5313-6903-5

版权专有　侵权必究　举报电话：024-23284292
如有质量问题，请拨打电话：024-23284384

令人沉醉的新乡土抒怀
——序陈华美诗集《月亮河》

◎张德明

中国新诗有着极为雄厚的乡土抒情传统，这是因为传统的中国社会形态主要是由农耕文化和农业文明构建而成的。乡土中国的精神血脉在每一个中华儿女的心灵深处默默流淌着，对于田园村舍的依恋与挚爱，对于乡村世界的怀想与追忆，构成了中华儿女最为基本的情感特质，那幽幽散发、排遣不尽的田园乡愁，已然构成了中国人颇为显在的一种"集体无意识"。基于此，乡土抒怀自然成了百年中国新诗最为突出的题材类型和抒情基调，一些远近闻名的乡土诗人，如刘半农、刘大白、臧克家、艾青、田间、刘章、王老九、姚振函等不断地涌现出来，他们如同璀璨的星星，闪烁在百年新诗的历史天幕上，令人惊叹。不过，经过百多年的历史演变，乡土抒怀其实显露着某种疲态和窘境。一方面，现代社会的飞速发展，使得乡土中国已经发生了极大的改观，许多滞留在原有的知识结构和认知视野的乡土诗人，其实已经大大落后于时代的脚步。另一方面，新的乡土中国格局呼唤着新的乡土抒情模式，这意味着当今的乡土诗歌必须在意象、语言乃至诗学观念上进行全面刷新，事实上现有的乡土诗歌还沉浸在传统的乡愁书写模式之中，从内容到形式都显得老套陈旧。总体来说，21世纪以来的乡土抒情诗，其美学现状和艺术格局是并不令人满意的。

在这样的前提下，我找到了陈华美诗歌的独特意义和值得肯定的审美价值。我在她的诗里，发现了种种颇为新颖和新奇的乡土抒怀迹象，这些艺术迹象，使她的诗歌既流溢出让人耳目一新的精神气质，又凸显出更为鲜明的当代视野和现代性气质，进而令读者感到心醉神迷，默然称叹。具体来说，陈华美的新乡土抒情诗，主要具有这样一些不俗的美学特色，首先是传统意象的现代翻新。由于乡土诗的传统源远流长，因此此类题材的审美意象是较为丰富的，"月光""春花""茅屋""小河""鸿雁""寒蝉""故土""炊烟"等，都是传统乡土诗中屡见不鲜的美学意象。陈华美的新乡土抒情诗中，自然也少不了这样的意象，但她并没有简单地挪用前人赋予这些意象的既有意义，而是在使用这些意象时，进行了大胆的语言创新和意义赋值，让旧有的乡土意象生发出新的生命气息。在《秋月》一诗中，诗人写道："远方拨动的音符/倾泻一棵树//河流、山川、草儿与月色/融为一体/指尖有多少绵柔/天空就有多少片雪花//每一片雪花与星星相似/星星里有承诺与你留下的童话/黑白琴键里有隐形的世界/你每一次扬起手臂//都会在虚实之间/叩响，另一个人的梦/都会覆盖着/另一场雪"。在传统的乡土书写中，"秋月"这一意象积聚着"怀远""怅然""感慨"等诸多意味，陈华美在启用这个意象时，有意淡化了其中蕴蓄的伤感抑郁的成分，重新赋予它亲切、温馨的精神色调，这就让她的新乡土抒写，有了更多感染和振奋人心的正向的力量。《不容忽视的抒情》中写到了"雨水"和"雷声"："雨水很轻但能阻止/一场旅行/雷声串起那么多光/流浪的船帆被照耀着",我们知道,"雨水"和"雷声"也是传统乡土诗寻常可见的美学意象,而这两个意象以往都是具有冷色调的词汇,不过在陈华美的诗歌中,它们全都变成了暖色调的,都闪烁着令人奋进的艺术光泽。

其次,陈华美的新乡土抒情诗中,还有意添加了很多新的时间与空间的元素,从而将既有的乡村世界,充分地打开和激活,使其显示出更为充沛的生命力量和更为开阔的精神格局。诗人以超越乡土的视野来打量乡土,从而在熟悉的事物中发现了人们从前忽视的东西:"就如你的名字一样/在冬天,偶尔被黑夜提起//那些窗口透过的经年/有时比花朵娇艳,鹅卵石印满图腾/依然曲曲折折//当浪花破碎时,远方的弦/也随之断裂/山谷回放,一切都可忽略不计//狮城的天空有星星/和月亮,还有一些被我忽略的事物"(《一些忽略的事物》),这里虽然写的是异域的风物,但旅居新加坡多年的诗人已经将此视为第二故乡。诗人也以观照故乡的眼光去审视沿途的风景,因而也在风景中品味到熟悉的故乡的味道:"与一列火车同行/尽量挽留窗外的世界//蒲公英总是那样轻扬/昂着头的漂泊忘记体内的苦/那些遮阳的伞/替人间收藏冷暖,用/淡化了的肤色/见证岁月"(《一闪而过的事物》),"挽留"是一个富有人情味的词汇,也是传统中国人表达内在深情的一种行为方式。诗人还在乡土世界中窥见启人心智的哲理和睿思,如《河堤之上》:"每一粒种子都有出发的方向/每一块顽石都是千年的磨砺/每一滴水,有奔腾的记忆//彼岸,此岸成了我们的全部",还有《废墟上的青草》:"在荒芜中生根/伸出的枝叶/每一枚都是春天",这些诗句中所阐发的宇宙人生的奥义,是富于真知灼见的。

此外,陈华美的新乡土抒情诗,还能以富有梦幻色彩的语汇来描画故乡情态,从而让乡土世界悄然笼上一层神秘的面纱,更增添了乡土空间的迷人气质,给人以无限遐想的内在韵味。她的《月亮河》一诗就写得美轮美奂,令人浮想联翩:"被意外拦截/惊扰的文字纷纷/坠落月亮河/从此,梦里无梦//蝴蝶的翅膀,铺一条来回的路/还有,几十年的叮咚//很难相认。风,递过的身影/以及曾脆弱的四季//雨水,是我今夜书写给你的/笔墨"。她的《春天的翅膀》也以梦幻似的笔法写出了这个季节的无限美意:"阳光正好/百灵鸟的歌声比高了天空/滴绿的枝叶避开一切暗流/春天,返回到了春天//和许多在冬天颤动一样/截留的蝴蝶拨动太阳/走在山谷的回声/一半源自最初的风铃"。这样的诗歌还有不少,在我看来,它们或许是这本诗集中艺术成色最高、美学意义最突出的优秀作品,也是让诗人的新乡土抒情跃上新的台阶的典型文本。

整体来看,陈华美的诗歌以乡土抒怀为主,诗人也通过在意象的翻新、技法的升华、内涵的扩充等方面的艺术创新,摆脱了既有乡土抒写的陈旧套路,拓展出乡土抒写的新路径。当然,陈华美的诗歌题材范围是较为广泛的,除了乡土,她还关注城市,关注亲人,她的城市诗和亲情诗也是同样值得肯定的。

是为序。

(张德明,诗评家,岭南师范学院文学与传媒学院教授,南方诗歌研究中心主任。)

人生如月　生活似河
——读陈华美诗集《月亮河》

◎冯福君

　　陈华美的诗集《月亮河》出版了。诗集中的作品，充满了亲情、乡情和家国情怀。她对生活、对事物的理解和感悟与我有共同之处，并勾起一些美好的回忆。

　　这部诗集分为四部分：第一辑《熟悉的风声》，第二辑《泥土的味道》，第三辑《月亮的独白》，第四辑《事物的两端》，共精选了陈华美精心创作的232首诗歌。如果说第一部诗集《岁月有痕》是聚集了陈华美多年来生命的感悟和躯体的呐喊，那么《月亮河》便是她精神的泉涌和灵魂的喷发。

一、"四季歌"中悟人生

　　四季轮回，年复一年，陈华美能够从这些熟悉的"四季歌"中发掘出诗性蕴涵，显示出她是一个精神生活丰富的人。无论春夏秋冬，她总是能从不同的季候里找到那些富含哲理的因素。她的春天会长出翅膀，"春天，返回到了春天//和许多在冬天颤动一样/截留的蝴蝶拨动太阳/走在山谷的回声/一半源自最初的风铃",感受到"一个人的名字也又一次/在键盘上/与田埂/一起拔节"。她的夏天,"草,铺满孤独/每一枚叶子都会生长一个词语/一朵花,数着来去的风",她会让"枝头指向故乡/花瓣飘落着一场/与夏天有关的故事"。到了秋天,她用诗性的语言写道,"远方拨动的音符/倾泻一棵树""都会在虚实之间/叩响,另一个人的梦/都会覆盖着/另一场雪"。把一种季节变换的过程形容得如此诗意而简洁,真可谓诗心如韵。她的冬天"雪花每年都会回来/指认田埂/擦拭墓碑//只是云朵越来越空/河水也变得越来越轻"。即使在严寒的残冬,她也以平静的心境写下,"最后一片雪/迎来第一声鸟鸣//不管是否在途中/故乡,是她永远抵达的春天"。这就是深潜在她内心里对生活与希望的信念和深深的故乡情结。

陈华美对生活的认知与感悟,不是一种平面性的简单化理解。

二、人在旅途家国情

家国情怀,是一个永恒不变的主题,是诗人高尚品格和襟怀的自然流露。陈华美旅居新加坡多年,她对祖国、对家乡故土和亲人的浓浓思念,更是一种从心底流露出来的乡愁。

诗意在镜像里一点点蔓延,情感也在一点点表露,将故乡的画面一一展现。赞叹、回忆、思史、抒情、感怀,诗人已突破"小我"与"大我"的创作局限。祖国不是一个人的故乡,早已是长于这片土地的人们共同的精神原乡。"一个人、一匹马足够//马的眼里只有他/他带给它四蹄的春天/又带给它江湖的冷暖/高山仰止,就是它心存的感恩"。《泥土的味道》就是家乡的味道,"每次离家/都会带上门前的树叶/与一把泥土""泥土里有母亲不断重复的故事""它里面更有父亲""父亲的衣衫温暖着/母亲,哥哥,我与孩子们"。故乡的模样在变幻,故乡的情感却是亘古不变的。诗人所阐述的情感不是煽情,也没有刻意地突兀组词,而是不断地注入思考的可读性,以一种审慎谦恭的态度深入解读故乡。历史在风化,岁月逐渐沧桑,那种为故乡而忧的情怀更加深邃,也许这就是诗歌的社会属性,在文字里找寻有关社会责任的使命感。

祖国故乡是作者的根据地,在这里有《我的祖国》,有《老屋》《故乡的河流》,还有《童年》《父亲》《母亲》。她开怀吟诗,以文会友,一如当年那个执着的少女,走出大半生,历尽千帆,仍在追寻诗与远方,她用诗歌激励自己、鼓励他人。

三、自我修行度人生

虽然通往修行者神圣殿堂的方向大体一致,但抵达的方式却因个人选择的不同,呈现出不同的路径。陈华美常常在诗中思考人生,自我修行。她首先《与星星对话》,借《月的独白》等分析事物的本质,思考人生。"一切都是水做的月亮/天空,是唯一懂得/我们的来路,与去路""一粒沙可以展示辽阔/一滴水可以荡漾一座城/一片叶子漂泊整棵树的血脉""零星飘落的花瓣/填补着镜头下/拾掇的空"这些观察事物表象、挖掘事物本质的诗句,让作者在自我修行中升华。

陈华美从自己的见闻、情感出发,独立思考,真情言说,写出了现实的困境与内心的挣扎。最终,她从"自我"走向"社会",从一己之情步入人间大爱,在拥抱社会和回望历史中,完成了对自我与现实困境的突围。

此外,陈华美的诗接近一种悲伤的美、残酷的美、刻骨的美。诗中呈现出的生命意识、怀疑精神和孤独之美,让我的心情顿时凝重起来。在她的诗作里,你可以常常看到诸如徘徊、浮沉、荒芜、孤独等意象。"把自己已输光,这是我/必须承认""思念用风丈量/誓言演变流浪/远远地离去,背影依稀""斑驳月光/把我拆解/从中年至童年依次/分行//盐与水的轻重/鱼尾纹与黑发之间的距离/以及莲花与父亲怎样隐藏故乡"时时提醒着孤独、衰老的到来,这一切是多么痛的领悟。"岁月递来的拐杖/说不出更多方言/或许沉默让更多条路/遗忘了奔向你的方向//秋风披上的翅膀/越来越接近泥土/我们最终成为,无名无姓"。

陈华美的诗歌精神气脉穿透《化石贴》《离别辞》等意象,深入复杂的内心世界,叩问生命的终极关怀,呈现出独特的诗学景观。于是"夜敲打着木鱼/河水聚集众多佛语"就成了其生命意识的一种表现形式,对自身困境的超越,都源于对生的向往和美的信仰。

四、事物两面明哲理

品读陈华美清新明快、富含哲理的诗歌,无论是在题材的选择,内容的表达,艺术的表现上,都比她早期的作品提高了一个层次。这固然有岁月的磨砺使然,然而更多的是作者心中的情怀,人文和悲悯;对人生社会的感悟,睿智而担当。

她不是单纯片面地理解事物,而是能看到《事物的两端》,"因果与缘/一朵花沐浴在阳光里思索/大街上空无一人/飞翔是它的另一种方式""一双眼长满无数双耳朵／大地迎来那么多的来路与归途"。《旅途》中的描写是作者的生活常态，经由作者提炼、想象、生发，生活诗意化，将自己感悟到的人生哲理，借旅途来承载，表现并营造了一种独立之人格、合作之精神的意境。诗人即景抒怀，寄意深远；语言凝练，寓意隽永。"缓缓驶动的列车是躯体的一部分／从日出到黄昏／／鲜花与掌声粉饰岁月／云烟过后只是逐渐暗淡的灯／天上的星星清点着我们"，短短几句就紧紧抓住了读者的心。"斑马线弯曲着风雨／弯曲着奔跑着的／一个个你我""方寸土地／替我们收获着／人间冷暖"，这首诗内容深沉浑厚、含蓄隽永。诗人以自我感受为起点，腾飞想象，将抽象哲理含蕴于鲜明的艺术形象之中，深具诗味。

《拓荒者》《刀客》《暗器》《陀螺》《空杯子》等，是诗人对人生意义的探微。珍惜当下的生活，不负生活对我们的厚爱，是作者馈赠给读者的雅品。这些诗写得明白晓畅，率真朴实，亲切自然。不同的意象，渲染同一个意境，漫长的人生，短促的慨叹，明晰的结论：人生应当放下、平静、快乐。

组诗《界限》写得空灵、淡雅、委婉，给人一种朦胧美。它提醒我们，无论我们在意不在意，时光如白驹过隙，一去不返。我们唯有去珍惜、去发现、去创造，才能不负时光，赢得辉煌。诗歌的艺术，其实就是直觉加上情调，展开想象，并以恰当优美的文字表达下来的过程。诗人调动艺术的奇思妙想，虚实交织，委婉含蓄，从独特的角度入手，在整体象征中渗透抽象化的意蕴，用想象力将意象组合起来，构成意蕴的回环，组成诗的内在韵律，在音乐的流淌声中呈现其哲理美。

《在夜的边缘》《活着》《空》《压扁的句号》《直立的姿势》《那些不会飞翔的事物》《自渡》等，每首诗都是一个精神历程，这个历程充满矛盾。很少有人愿意去寻找解决矛盾的途径,而是随时准备承受希望和幻灭所带来的磨难,所以,"诗的真正价值恰恰在于释义之后剩下的那一部分"。一首诗歌能否长久被人喜欢,在于这首诗能否让读者感受到诗人那颗悲悯之心,并从中得到心灵的碰撞、启迪和人生感悟。

陈华美的诗歌,深藏内蕴,含蓄隽永,在音乐流淌声中抒发自己的情怀,追求独特的艺术效果。一些普通的事物,经过诗人感情、哲理的融入,成了饱含深情的意象,对这些意象一反一正的解剖、释怀,从而使它们获得新生,营造了一个美丽的意境。

(冯福君,记者、编导,诗协、作协、美协会员。)

目录
CONTENTS

第一辑 熟悉的风声

春天的故事　002
燃烧的雪　003
路途中的风景　004
一群白鸽的春天　005
月亮河　006
春天的翅膀　007
三月　008
春天酝酿着的一场阴谋　009
夜色　010
秋月　011
人间仙境长白山　012
村口的树　013
霜飓　014
废墟上的青草　015
青铜杯　016

大暑	017
画布	018
白蝴蝶	019
河堤之上	020
慢下来的时光	021
新年致辞：一起走出来的光	022
风中的芦苇	023
起风了	024
风入松	025
角落	026
快递	027
霜降	028
落叶成佛	029
无尽爱	030
即将遗失的影子	031
穿过古老的黄昏	032
鸟鸣落在肩上	033
失散的叶子	034
草	035
风的季节	036
春天是件明亮的乐器	037
雪梅	038
离别的雪	039
留住	040
追赶太阳的人	041
行走的岁月	042
春天	043
月光下的大地	044

白色小屋	045
致壶口	046
枫叶	047
渡口	049
窗外的世界	050
岁月深处	051
四月	052
野蔷薇	053
窗外	054
芒种	055
一片叶子	056
无题	057
惊蛰	058
昙花	059
在我生活的地方	060
九月	061
一片落叶的弧线	062
雪霁之前	063
扫雪人	064

第二辑　泥土的味道

蓝月亮	066
夜晚	067
我心中有一种东西像薄雾	068
消失的村庄	069
泥土的味道	070

有个理由	071
清明	072
清明雨	073
故乡的河流	074
熟悉的风声	075
望远方	076
送别	077
万船出海	078
披着秋风的庄稼	079
灶台前的母亲	080
慢慢爱	081
故土上的翅膀	082
抵达	083
屋檐下的天空	084
父亲	085
油菜花	086
隔岸	087
乡村郎中	088
月光辞	089
最后一片雪	090
用歌声复述寂静	091
一只鸟的迁徙	092
雪	093
城市的天空	094
纸上月光	095
大风，吹着黄昏下的影子	096
没有说出的部分	097
一生的热爱	098

老屋	099
回忆老屋	100
一座翻不过去的山	101
回望	102
新的一天	104
仿佛看见	106
来自森林的远方	107
四月	108
归途	109
是思念寄托的地方	110
雨的潜台词	111
玻璃上的蚂蚁	112
发光的故乡	113
那一年的篝火	114
我的祖国	115
你说的孤独	117
最亲的人	118
母亲	119
中秋	120
失约的河流	121
方向	122
缘分如岸	123
共同的家园	124
我们	126
乡村来信	128
沉默的河	129
童年	130
盛夏	132

稻影摇曳　133
这一天，满是祝福　134
孤独，从这里出发　135
乳名　136
寂静　137
黑夜满是故乡　138

第三辑　月亮的独白

我的悲伤从不影响别人　140
与星星对话　141
月的独白　142
记忆看见了我　143
月亮与高脚杯　144
黄昏饮　145
走过自己　146
隔墙有耳　147
空镜头　148
卷珠帘　149
多年以后　150
有酒可温的黄昏　151
后花园　152
听蝉　153
路边的雪人　154
半生荷塘　155
背对月光　156
空白　157

孤独者	158
在路上	159
在花落中告别	160
路过秋天	161
在一首诗里	162
一根断裂的羽毛	163
相同的沙砾	164
听海	165
不容忽视的抒情	166
置换	167
秘密	168
时间的答案	169
旧账	170
听雨	171
化石贴	172
一把旧雨伞	173
一个人的晚餐	174
立春	175
一场雪	176
飘	177
一斛珠	178
翻开	179
手写的孤独	180
鹅卵石	181
又到八月	182
潮汐	184
失约的河流	185
氧气	186

地下铁	187
落叶,划过人行道	188
记忆的钟摆	189
离别辞	191
我在孤独中写孤独	192
飘动的纸片	193
洁白的弧	194
十年以后	195
在水一方	196
新年记	197
遗忘孤独	198
酒	199
背影,在群山中越看越远	200
季节的边缘	201

第四辑 事物的两端

为何我早早醒来	206
事物的两端	207
沦陷	208
假面具	209
随缘	210
旅途	212
希望之光	213
又一个世界	214
拓荒者	215
刀客	216

秋风引	217
指缝间的阳光	218
底色	219
半支烟叙事	220
落日研究	221
破冰	222
四季轮回	223
暗器	224
界限	225
突破	228
于无声处	229
天将晚	230
骨架	231
穿过黑夜的河流	232
在夜的边缘	233
当黑啤酒参与沉默	234
陀螺	235
活着	236
空	237
空杯子	238
故乡，似雪花那么大	239
眼睫上的蝴蝶	240
孤独	241
压扁的句号	242
书写人生	243
直立的姿势	244
悬崖	245
在浮世	246

那些不会飞翔的事物　247
一闪而过的事物　248
一些忽略的事物　249
　　自渡　250
　月亮上的蛇　251

创作谈（后记）　252

第一辑

熟悉的风声

春天的故事

琴弦在河面努力降低音调
不去惊扰了风
风,会传递秘密

关于爱
天空里有最好的证词
一朵花从没被淡忘过

翻山越岭,蝴蝶
从一场雪中赶来
一盏灯越烧越旺
叶子,悄悄地蒙上了眼

一个人的名字也又一次
在键盘上
与田埂
一起拔节

燃烧的雪

一朵一朵来自天空的轻盈
汇集整个冬季的词汇
谈论爱与温暖

岁月的枝头
隐藏无数条河流
童年，父亲，老屋或者
关于流浪

沉默其实不属于孤独
比如此刻的深夜
一枚在雪中失眠的异乡叶子
五味杂陈

逼近年关，归途是体内燃烧的一场雪
梦想似孤傲的梅花
任激情裸露

路途中的风景

秋天是最耀眼的颜色
天空澄清的枫叶
是一个个活过来的名词

向左或者向右
填充虚幻边际
无限制飞扬
每棵树敲响钟声

平静的中年,河面
难掩雪花漂泊
草,仍是我一生追寻的方向

月光,苍茫的诗
如水的音符,撼动
每个角落
包括曾经的聚散

一群白鸽的春天

天空一直没有下雨
只是灰蒙蒙一片
风企图阻挡着风

一对对翅膀飞翔辽阔
春天是它们满眼坚定的诗意

翻滚的湖水
吞咽大海
平淡或许终将打破

眼睛升起太阳
没有苦菜花
没有白鞋子

更没有来自黑夜的呐喊

月亮河

被意外拦截
惊扰的文字纷纷
坠落月亮河
从此,梦里无梦

蝴蝶的翅膀,铺一条来回的路
还有,几十年的叮咚

很难相认。风,递过的身影
以及曾脆弱的四季

雨水,是我今夜书写给你的
笔墨

春天的翅膀

阳光正好
百灵鸟的歌声比高了天空
滴绿的枝叶避开一切暗流
春天,返回到了春天

和许多在冬天颤动一样
截留的蝴蝶拨动太阳
走在山谷的回声
一半源自最初的风铃

就这样
雨树摇曳着梧桐
故乡也飞在了
故乡之上

第一辑　熟悉的风声

三月

我把它叫作一个人的出生地
母亲当年的阵痛
一年比一年懂

白羊座成了一个坐标
春风只用一点儿气力
整个田野都绵延成了葱绿的羊群

蒲公英用黄的、白的描述飞翔
炊烟几乎把所有的童年
拐回梦里

三月,燃起了烛光
月亮

春天酝酿着的一场阴谋

树叶没有在枝头停留过久
风的密语捕获
唇印在秋天发酵

都说风过无痕
躯干的斑驳在一幅画上暴露
即便日出都不能掩饰
这,说明了什么

一棵树轮回
鸿雁与风筝的飞越
是截然不同
打破僵局
依然走走停停

尘埃,雨点落满

夜色

天空启动伴眠模式
窗前猫咪舒展身姿
一封被岁月蜡黄的信笺展开

几张饭票温暖了这么多年
掏心窝的话是我们那时
彼此公开的秘密
你喜欢的少年还恋着吗

别问一颗石子现在有没有痛
她早已错过青春的花季

草木在奔跑的路上
包括你我
疲惫是我们最不愿说出的词汇

渐行渐远的情谊
于今夜转身

秋月

远方拨动的音符
倾泻一棵树

河流、山川、草儿与月色
融为一体
指尖有多少绵柔
天空就有多少片雪花

每一片雪花与星星相似
星星里有承诺与你留下的童话
黑白琴键里有隐形的世界
你每一次扬起手臂

都会在虚实之间
叩响,另一个人的梦
都会覆盖着
另一场雪

人间仙境长白山

即便在酷暑,只需
看你一眼
西北风就来了

四季的积雪保持长白
陡峭的崖更是一种辽阔

长白湖的水啊
每一滴都是蓝天
超 2500 米 16 道山峰的倒影
环绕天空

长白温泉,是你柔和的心
冷,并非你的固有

长白瀑布撕开了松花江的源头
奔腾的浪花
传诵这瑰丽的仙境

这 1200 万年休眠的火山
海拔 2691 米的山峰,其实
一直在人间,醒着

村口的树

跌落的叶子
就像又老掉的一颗牙

当人间只剩黑白
当铺开的光与孤独为伴
一排老树用或皴裂
或残缺的身躯
驻守村庄

大地拥抱它们另一个自己
正从最远处赶来的雪
加重了夜晚的情绪

这群树
与留守老人一样
都有许久未喊的名字

树用它们的沉默
与村庄一起,活着

霜飓

霜飓至时
田埂收割了天空一部分
稻草人逐渐枯瘦

灰蝴蝶一年中最后一批列队
没有一颗玻璃心
这是它们与稻草人的区别

与落叶一样纷纷坠落
其中有比灵魂还高贵的名字
飞越一座山

芦苇荡下了一场
铺天盖地的大雪
草原因此便有了
故乡之外的苍茫

废墟上的青草

在荒芜中生根
伸出的枝叶
每一枚都是春天

它们在风雨中颤动
却保持微笑的样子
时常让我反省了自己

它们从我的黑暗中走来
一棵一棵自带光芒

当一片尘土成为遗忘的角落
我梦见也成了青草

它们是一粒种子的倔强

第一辑　熟悉的风声

青铜杯

马背上千年的嘶吼
沉淀杯底
壮士出征或归来
有青铜杯的祈祷与祝福

青铜杯醉了
会喊故乡
更会想爹娘

当一切归于深处的尘土
谁的唇印最终遗留在上面
与刀剑一起收获那么多的草木
是否成空

展示窗的阳光收纳战场
青铜杯用沉默的方式
向世人解说

它的自身也足以留下
时光印记

大暑

蝉鸣把天空拉低了几分
一年中,最闷热的时节到达

狗尾草、马齿苋长势正旺
荷花也不示弱

防晒衣流动满街
正午的石子能把一盆水几秒蒸发

四散的叶子
脚步忙碌而有些疲惫
村头那座老桥腰身,因此
弓得有些更紧了

画布

可以穿过古今
可以跨越江河湖海

每一次花开或热烈
或含蓄
每一声鸟鸣五颜六色

至于一些不能说出的黑白
在这里,每一根丝也都能
发出吼声

每一滴墨,都有各自的喜怒

白蝴蝶

所有你经过的云
都被刻上了名字
在目光所及之处
纷纷融落

于是随一片片消失的翅膀
一粒粒春天破浪而来

拨开云雾
花开就是你的样子
一棵棵树拥成你的身姿

你的笑
能让千里之外的冬天
重新起舞
重新变成，白色的
蝴蝶

河堤之上

每一粒种子都有出发的方向
每一块顽石都是千年的磨砺
每一滴水,有奔腾的记忆

彼岸,此岸成了我们的全部

生命之河四季常青
一程去,又一程来
青藏高原不老的雪
铭刻鹰的飞翔

一声声长啸逆风而行
即使不圆满
也是一轮有人守望的
月亮

慢下来的时光

一枚心形的蓝
映照玉树丛
一堆文字,有太阳的样子

对面窗台爬满紫藤
仿佛春天的气息让我陷入

终于可以静下心来去想
一枚枫叶的颜色
北方的雪是深是浅

蒲公英在巴西立公园开得正旺
钓鱼台的鱼竿撑足一把伞

一位安哥把钓好的鱼又放回河里
白鸽与长椅一起观望

记忆,又往两年前
停留片刻

新年致辞：一起走出来的光

过去一年，日子
记住了每一个名字
光阴的故事
收获无数个日出与黄昏

截留其中最珍贵的片段
作为起点
与每一滴水，每一粒流沙一起
继续流转

我们从不掩饰自己的幸福与伤悲
我们一起等天空的铁鸟越聚越多
等春天种下的脚步
在每一个角落
热烈而自由，开花

我们在一起等风，卸下来的时候

风中的芦苇

风中的芦苇已高过秋霜
鸿雁每飞越一次
都会给自己留下一片天空

芦花是母亲思念的雪
夕阳搀扶的身影
篱笆墙下种植故乡

锁住孤独
镜头前低落的雨声
行走着月亮的笑

熬过整个黑夜
源自挺立的腰杆
这片土地
我们欠下了,很多次的拥抱

起风了

一直在耳边呼呼作响
与秋风写着一样的名字

断裂的瓦片载满老屋
曾用无数颗星子装饰的天空
虚构梦

故乡是由不得区分的
当嫁娶的天空真的空了
二十多年的枫叶
终究寻不到
一盏灯的窗口

夜深了,思绪推开河床
叶,继续飘

风入松

雪从秋天赶来
细细的松尖拔出悬崖
风与天空一样辽阔

倾覆的语言未必能保持
四季常青
颤动的乡愁,似一种无法超越的"怪病"

浸入肢体
拒绝无数次的挑战
那些一地的镐
夜,铺盖

笔墨从未转身
石头,是遗留人间最终的章印

角落

思念最深的地方
阳光贴着心缘走远
雨,砸痛玻璃

那么多的美好无法唤醒
那么多的花瓣没有虏获掌心
水晶灯里坐立的美人
黯淡无光

扣紧风衣
被岁月絮白的发丝
无视风

月食一样的存在,却
一眼千年

快递

风一样的火,异常甜蜜恼人
岁月的气息,储存一座煤矿

影子是折不断的帆
白色的桅杆刻满经文
一张脸与海一样酷

曾熟透的青春与桃花一样红
山谷回荡,一声比一声高昂

借月色把全部打包
趁梦叩响两扇古铜环之前
趁红烛,流干泪之前

莲花,是奔波的邮票

霜降

一直顺从指尖
如果说连语言也服从,其实一点都不过分

与以往一样
下着暮秋
掌心掖着的风景横着一条没有边际的河

河里的名字由于被月光搅拌过熟
早已结痂的心因此不会结冰

每年这个时候,我们彼此的转身
被梦摹写了无数次
也想以温柔替代
哪怕有一丝温暖

但冬天的雪花都会提前于指尖到来
就像芦苇那样,不紧不慢

落叶成佛

这是人间悬着的泪
大地是它们心中挺立的丰碑
望不到头的海总算有了堤岸

落叶归根是亘古不变的规律
于世间万物走遍
看见与看不见的都算经历
脉络丛林穿透阳光的身影
抓一把故乡,帆转身
不再漂泊

从一粒种子的萌芽
到枯黄交替
这是渡口
人间蜂拥的膜拜应该算是一种传奇

只是替人间数着的光阴
从没止息
哪怕化蝶,哪怕成泥

无尽爱

感慨拾掇流离的时光
一朵朵云降落成
马背上的呼唤

八月,揽起群山的背影
篝火燃烧起一路风尘
月光,一夜比一夜高

文字拆解的孤独
不愿在一棵树下终老
泅渡最远的天涯
结成桂花树下厮守的星星

一望无际的薰衣草
就像长白湖的水那样
于此刻,蓝得彻底

即将遗失的影子

向下走的瀑布
与当初离开的方式
多么相似

从月亮伸出的枝干挥舞一场空
你的脸庞,一幅裱上玻璃的素描

碎裂的雨点已毫无知觉
一条路遗忘若干名字
唯独记住当初那座桥北第二棵树

落日成了海的尽头
无意义的想象是一场悲剧
伊犁河保持不变孤独

薰衣草落满的都是雪,没有一颗星星

每一个人都将成为另一个人的经典
无论是否还在

穿过古老的黄昏

任由金黄蝴蝶占据天空
一把伞,空缺行走的肩

草,铺满孤独
每一枚叶子都会生长一个词语
一朵花,数着来去的风

琴弦弹奏着青石巷
旗袍婀娜的河水
折叠黄昏

等一个人,一等就是
千年

鸟鸣落在肩上

树,快被疯狂的雨淹没
原本安居的巢
巴巴地看着,急着
更等着

无数的生在逃离
更有老的幼的,挣扎呼救

从四面八方涌现的救命稻草
纷纷接住了这份嘶哑中的期盼

这些救命稻草
有石头般的重任
自身的意外伤毁,早已置之度外

当天晴之时
无数声鸟鸣,振翅感恩

失散的叶子

满满的枯黄踩高了秋天
此时的蝴蝶本以为于故事的尾页失踪

是春天燃起了
即将长眠的灯盏

一棵树、一片花草托起无数个驿站
窗口是梦的起源

在虚实之间切换
大地从没放弃

越来越多的河水也一起努力收集着
遗失的影子

草

"青春是一首歌"
我一直认为,最先唱出的,是草

无论冬天怎样顽固
在它们看来是一种努力的理由
就算秋风那样萧索
夏天的蓬勃依然不可阻止
而春天的它们,是人间最先成长的姿势

草,从山脚下匍匐绵延
天涯海角尽现绽放
流浪因有草,有了故乡

加冷河畔紫色的狗尾草,是我的第二故乡
蒲公英,是我们的又一个名字

风的季节

春天颤动着的枝条
是风的一部分

顺着风的指引
回到故乡就是
久违的梦

在灯光下挑一截山水
舞动旋律
曾激涌的思念似一朵云缠绵

我与花朵一起栽进
老屋的阳光

春天是件明亮的乐器

天空飘来一朵花的语言
没有低音与中音

万物于阳光下拔节
雨水灌溉了一方又一方春之绿
那些之前的灰暗
都被一一覆盖

群山昂首的辽阔更加灿烂
骏马疾驰的草原,一望无际

没有比春天更好的事物了
那里还有拾级而上的故乡
与迎面而来的你

蒲公英也在春天找到了回家的路

雪梅

妖娆的梅花纷扬了雪
密封的河流轻启暗香
红灯笼悬挂的春天
拨动一盏灯，一座城

不敢轻言许诺
这个世界有时总是离我们太远
不敢轻言放弃
这个世界有时又总是离我们太近

每一枚花瓣都潜伏着一场关于春天的故事
而冬天，却是我们经历与承受最重的部分

此刻，伫立于异乡的孤独
就是一场浩大的雪
你的眼睛总是在深夜点燃
就像点燃了红灯笼

离别的雪

整个庭院置放于一只杯
杯中有佳人离去的背影
有温热的唇

我的世界因此下了一场雪
盛大的白
降落餐桌,覆盖栏杆

春天举着轻盈的脚步
光秃的枝丫没有放弃风的语言
一切如杯的颜色在恍然中苏醒

缘分早已注定
天空叙述的岁月
像大海一样深邃,辽阔

这场雪后,再无秋天

留住

告别是迟早的事
即使流浪的文字早已在此扎根

这里有我的情人
有每天清晨开出清香的花草
有一年四季适宜的温度

每一枚花瓣,每一片叶
每一粒石子
都会生长一句诗行
我种植在这里的足印
都会坠落星星与海浪

无数次的往返
让我几乎迷失了方向
爱,是家的唯一窗口

那些不值一提的阴暗
只不过是足以摒弃的灰冷
也是中年成长与
拐弯的一笔

追赶太阳的人

做个流浪的使者
行走的轨迹，画出一座座山的轮廓

黑夜，把柔弱的躯体装在海螺的外壳
一张纸上结满一棵棵草的远方与天涯

撑起一张帆
默数海浪与雷电
列队的驼铃，泛着金光

行走的岁月

一大把词汇在冬末失眠
掠过手握光阴的人
以及隧道穿行斑驳的背影

芦篙的清香指引春天
潺潺河水洗涤风尘
一棵棵树栽种彼岸

迎风飞扬足以摧毁
一座岛的荒芜
炊烟滋养着人间
深情在一扇窗下驻足

鞋带系着天涯海角
流浪其实是再好不过的旅行
日出,是指尖收藏的最美的风景

春天

湿漉的夜巷
伸出几扇窗口
一只鸟,替我们接住春天

这些生长在枝头
行走在岸边
甚至寄居于屋檐下的使者
从不说出,关于在人间跋涉的苦

看似用旧的雪花
每年这个时候又恢复崭新
它们与鸟一样
能发出红灯笼的语言

能让母亲跪拜的香火
燃亮天空

月光下的大地

是厚厚的河床
在河的北面与南面,分别
置放片片雪花,棵棵雨树

河的中央,是满满的草坪
一匹枣红色的马,踢开石子、泥泞
成串的草长齐春天
马,成为南来北往的使者

我们的无眠,我们的喜怒
成为这大地的辽阔

从雪花到雨树,从雨树到雪花
连着我们的至爱与血脉
疾驰的风,抖落人间的疲惫

从河里打捞出的一地碎银
足以燃起四季红豆
也足以擦亮,父亲的墓碑

白色小屋

就算再热烈的阳光都融化不了
一层一层的裂变
成了今天这个样子

是山水过于冷漠,还是月色过浅
灯盏下,只见半侧脸
与中年的诗句一起托腮

门,是虚设的
进进出出,仍空无一人

玫瑰花更换了一次又一次
窗台的风声依旧是晚秋

"都是缘分惹的祸"
一切没有对错,祝福是当下最美的词汇

日子,也将在退去的浪花中
——盛开

致壶口

无比宽阔悬挂天地
用无限的可能接近
怒放的皮肤,母亲的颜色
"滔滔",是你的呐喊

血液里刻着无法比拟的丈量
千年的孩子千里之外
追寻母亲河的渡口
贪恋,膜拜
延安,有无限可能
你就是可能无须放大的之一

一朵朵浪花伴金秋的风
折叠欢腾着永恒的名字
蒲公英的约定含着泪水
把无数次狮城追溯的梦
拥抱

还有那一大片一大片的绿
与山的喝彩

枫叶

这是专属的版图
深深浅浅的脉络
刻着你我共有的幸或者不幸

这里有海
有起舞堤岸的翅膀
——与火一样的颜色

每当月亮避开纽扣升起的时候
心跳沿着梦的唇
自然跃出蝴蝶,草原,马儿以及
存放我们的土地

秋天掀起风的辽阔
满是江湖的世界
我隐身于你的眼底

岁月剥夺了越来越多的记忆
它从不怜惜所谓沉沦的柔弱
独爱冥冥之中你的执着

即便他日枯死,无憾

天涯走不出你的掌心
月光下的战栗时常背转身去
我们之间，无须等待

渡口

对荒山的思索
绝不亚于对
一片草原

尘世并不是那么遥不可及
蝴蝶的翅膀穿刺风雨
一切的煎熬,因为
放开天地

曾经围绕一棵
自我蒙着眼的树打转
迷茫、感叹相继而来
就连日出都不确信

萤火虫纷飞的日子,一朵莲花
涉水而来
佛曰:世间万物,皆有因果

空空世界,并不只是空空的我

窗外的世界

喜欢芦苇枝头荡漾的风
喜欢被落霞霸占的群山

一队飞雁驾驭,天空
如同命运帮它们排序
越过的孤独
盛满大海

炫耀是门学问
与一棵草的春秋无关

皑皑白雪,或许就是多年以后的
那种白
我的思索,不会
随物种改变而禁锢

窗外的世界,多么
新鲜,辽阔

岁月深处

掏空心的树,弯下
一条河
坚硬的身姿,柔软尘世

回不去的千山万水
一万次踏破堤岸
眉心的记忆
蹁跹

世无来世

擦肩而过的缘分
只不过是一滴水,几粒沙

日出灌溉的花草
一页一页唤醒
枝头退却的绿叶
恍惚中,走进你,我

孤独,是我今生唯一的守候

四月

就这样戛然而止
漂浮的春天
窒息,甚至
有点不安

世界成了一把锁
光阴的长廊圈住山水
杨柳垂钓的四月
避开阳光

时钟嘀嗒
虚无的记忆成了
最新的孤独

即使空白也是无助的

灵魂从石头穿过
唯有玻璃隔着
一片海

野蔷薇

流浪,已足够让一朵花感慨
特别是夜晚的时候

枝头指向故乡
花瓣飘落着一场
与夏天有关的故事

远远地望着,沉默

尽管生活不会磨平她的棱角
微微的花香
仍期待
一场春天

窗外

四月,蜷曲一缕谷雨的风
被阳光困住的我
站立原地

一粒麦子的故乡
从眼前掠过
那里的鸟鸣,唱着山水
弹着爱恋

而我放养的那匹马
是已踌躇不前
还是执一方天涯
冷暖青灯

我摇起的衣钵
敲响一座寺庙
明月,又一次下起滂沱大雨
此起彼伏

芒种

一茬一茬的麦芒
结实田埂
打上补丁的口袋
再次复活

也在一粒麦子的风声中
交出自己

岸是故乡
我用双手
捂紧今年的丰收

云朵,没能忍住雨水

长长的轰鸣
有故乡带刺的
奔腾

一片叶子

喜欢与它对话
不论悲喜

烟花绽放,你的春天
花瓣凋零,你的疼痛
落日,是你浅浅的孤独

努力不让黑夜下雨
听四季呼吸
仿佛流浪离我很远

倚着跳动的脉搏
彼此欠故乡一次长眠
泥土,是我们共有的方言

无题

低头的阳光
把稻草人的影子
拖成了月亮

天涯涉出的一条路
记录我们的
反复回家

这次我不提惯用的"雨水"

堆放一边的文字
是又一个孩子
几十年的尘埃
化作
纸上的一行,一行

刻在石头上的笑脸
不屑,鄙视

满树的桃花
开成春天走过的样子

惊蛰

孕育已久的空旷
有埋在雪下的呢喃
惊醒春雷

充盈的鸟鸣尽显
孤独
雨水把一万个心愿
疯长

2020年第三个节气
比往年还迟
失而复得的空白
比天空更蓝

蠢蠢欲动，不止蝴蝶

昙花

这绽放的瞬间
也有属于一朵花的世界

从花开至花谢
无论生死
都曾有过热烈的情怀与梦想

所等待的,来或不来终将成为过客

每一枚叶子,都会自带风雨
飘落的花瓣有故乡失眠的灯盏

轻了不能再轻的河水
屏住呼吸
铭刻这永恒的流星般的美丽

从泥土中伸出千万双手陆续托住
那时的温暖,相信
必定有来自我的父亲

在我生活的地方

满树的绿,盛开
义顺五楼天空茂盛的蓝

料峭的春天
窗台有
一丝丝阳光轻洒
一阵阵风轻叩

在一片鸟鸣欢快声中
我们
努力活着

九月

瘦了天空
蒲公英拔高乡愁
渐凉的秋意
清晰风指认的
路

总是在月亮最圆的时候
被堵住
总是在转角处体会
冷暖

一朵花与鱼相认
宽阔堤岸

这个时候
想象的事物总是美好我们
这是一道道疤痕
愈合的解药

渐枯萎的流水
在九月
一遍一遍复述

一片落叶的弧线

仿佛天空倾斜
又如一片一片长着翅膀的雪

不管是用素描
还是油画勾勒
优雅地老去即是生长

即使载入相册忧伤
也不能阻止与太阳
那份吻别之美

与蝴蝶一样
不,就是蝴蝶

雪霁之前

密密匝匝的心事
习惯纷飞于一场雪之中

悬挂的灯笼等待一次久违的邀约
用一整天的铺天盖地
夜,白得淹没所有的路
你,还是没来

没有最好的结局
收起翅膀的白蝴蝶
折一个远方

我用南方的体温
温暖这之后的又一次冰点

天空,已搀扶了半生

扫雪人

茫茫的大雪压得这个
世界喘不过气来

撬开一扇扇窗户
打开自由通道
与时间赛跑
耗尽全身的气力

黑暗的角落
缝补伤口,暗自疗伤

一朵莲花做伴
人在旅途
尘世无尘
皆因舍得

行行脚印,身披万道霞光
逆行,是你飞翔的姿势

第二辑

泥土的味道

蓝月亮

星星隐蔽于海底
天空蓝得只剩月亮
关于传说
一个人、一匹马足够

马的眼里只有他
他带给它四蹄的春天
又带给它江湖的冷暖
高山仰止，就是它心存的感恩

他在跋涉中静坐
与每一粒沙对话
念遍一次佛珠，仿佛移去了一次人间的疾苦

袈裟生长莲花般的护佑
走过的地方都渐成远方

海中颤动的月亮，有故乡

夜晚

我们用无数枚叶子喧嚣时光
风雨探索的路
明显露出光亮

而凋零的寂寞
正清冷几行雪印
冬天是不是四季终结的符号

或许夜晚最适合随想

用一杯咖啡
与坐落在狮城的影子
对视

我心中有一种东西像薄雾

九月的雪花
略高于天空
芦苇荡涌起片片苍茫

父亲转身的背影
总是在这样的日子
隐约可见

近九十岁仍健在的母亲
时不时叮嘱这
叮嘱那
包括她百年之后的事

父亲离开我们已经二十多年
父亲走的时候
竟然没有顾上与母亲
与我和哥哥们说上一句话

九月,母亲掌心的红豆
比八月更要灿烂

消失的村庄

堤岸两边的柳枝
舞动村庄
上面的叶片逐年减少

村里的瓦片真的会说话
风一起,就七言八语
它们聊城市
也聊异乡

桥头站立的树桩
还是那样尽责
清点四季走过的脚步
记住嬉戏的童年,少年

雪花每年都会回来
指认田埂
擦拭墓碑

只是云朵越来越空
河水也变得越来越轻

泥土的味道

每次离家
都会带上门前的树叶
与一把泥土

泥土里有母亲不断重复的故事
有我们儿时聆听月亮的脚步
有喂养我们的河水的叮咚、蝉鸣与炊烟

它里面更有父亲

父亲生前滴落的汗水
父亲刻下几场雪的皱纹
父亲亲手种下在轮回中
不断拔节的春天

置于床头的叶子
因此能随时,喊回自己

有个理由

与一棵树相依为命
晴朗洒在每个枝丫
最初的梦想
开放在层层花瓣

透过花瓣,一只鹰
经历重生
把整个山顶坐稳

雷电是最好的伴奏
要来的就一起来吧

印刻的年轮
与一座古城
相认

泥土的清香,泛着
家的味道

清明

细雨提前一天下过
仿佛二十多年前的悲伤,提前挖掘

今天的春天,成熟踏青的田野
眼前时而跳跃
时而沉默的叶子
正如我们

紧挨田埂的小河
湿润一本书的尾页

父亲生前的背影
叠入诗行

如果说蝴蝶如雪
我想,今天应该就是
这个样子

油菜花频频点头
正如父亲又一次挥手

清明雨

今天的雨
穿梭着父亲的背影
今天与往常一样,离故乡很远
却距离那片田埂最近

那些石子重新细数
那些水声一一聆听
与每一片叶子、每一瓣花落下的梦一样
如此熟悉,如此亲切

父亲的衣衫温暖着
母亲,哥哥,我与孩子们
一场雨代言今天的春天

黑蝴蝶不断飞
越飞越近
越飞越远

故乡的河流

故乡是块磁铁
河流是游子的血脉

一片树叶一片天
人世间穿行
不论烟火是否寒冷
浮动的月亮最先感知

记忆中的村庄
时常唤出儿时伙伴
春天鸟鸣

呼吸一直与此相关
母亲手中的风筝
是天空中的一尾鱼

熟悉的风声

是靠近故乡了吗
苹果的香甜扑面而来
银杏叶一如既往地翠绿

二十八年,聚少离多
天空、炊烟、苋菜都早已成了亲人

失去了老屋,才明白
留恋需要多少记忆才能缝合

烟雨蒙蒙中
我又一次看见了葬于银杏树下的狗丫头乐乐
蹦跳着跑来

从田埂,一路向西

望远方

一群大雁指向远方
风扯着浪花飘曳裙摆

长发与船一样枯瘦
等待是人间酸甜的歌
冬季,在狮城的沙滩搁浅

天涯早已收尽背影
灰蒙蒙的天空忍住一些词汇
春天与雪花一样美
我一直认为

又一只铁鸟飞过
故乡留着温热票根
母亲的眼里飘过一枚枚落叶

每一枚落叶都写着我的梦
梦里有她的叮咛与同样的远方

送别

一片叶子即将出发
行李箱里塞满了爱

买了又买
明知超重还不罢手

说好了当天一早悄悄离开
她却早就抢先喊醒黎明

母亲几乎一夜没睡
她八十多了
我们之间分别的次数越来越少

出租车启动的一刹那
母亲一个趔趄催下了忍住的泪

一声再见
与母亲指尖摇摆的风
足够让一个人的梦
沉浮余生

万船出海

这些水中的燕子
在大海的天空中朝向一个目标

满腔的热血似浪花喷涌
千言万语的爱
化作中国红

总有一天
会接你回家
第七位孩子

万船发出的心跳
那是热烈的拥抱
载着母亲的思念
与亲人的呼唤
不要再是满身疲惫与空空的行囊

披着秋风的庄稼

大片大片的田野
站在秋风中摇曳或低头
这些是人间的食粮
汗水的结晶
大地的果实

秋天
叶片沙沙间草帽穿梭
田埂间奔跑的脚步
听出了父亲

弥漫的谷香，溢出
颤动的乡愁

灶台前的母亲

身披芦花
从没被炊烟终止过的油盐酱醋
忙碌着母亲

马齿苋,豆角干……
是她准时送达的除夕家乡菜
糯米肉丸,母亲记住了我们的最爱
四十二年前的油渣豆饼
让母亲帮全家扶正了那场风雨

每次回家,母亲问得最多的就是:饿了吗?
——白花花的大米饭曾经是母亲最高渴望

风起的火焰
一次次升腾异乡
也燃烧着
母亲亲手递给的中年

慢慢爱

我喜欢关于落日的启示
只有你的名字贯穿了一生
是的,我不要半生

圣淘沙的石头
见证过我们一次又一次重逢
东海岸经过椰子树的风
凌乱过我们种在海滩上的足迹

一则关于动物妈妈的故事
让我们懂得,人世间的债
从你的第一眼喜欢到如今的鱼尾狮
已经走过几十年

你的胸口,早已入驻海洋
把我们余生经过的山
继续倾覆,继续瓦解

直至两朵并肩的雪花
飞成蝴蝶

故土上的翅膀

从青丝到暮雪
风雨一场又一场
四季盛开的美景
只要有一人就好

冬天也可以温暖
掌心的温度时刻融合

相依为命
大地早已替我们
刻好了碑文

故土上一对对翅膀
飞越今生来世

月亮,撒下许多种子
每粒都盛开着
彼此的模样

抵达

必须使出全部气力

一生的欢乐与坎坷
正如这徐徐下降的叶子

一枚果子结在阳光下如此灿烂
只是它越来越习惯了向人间低头

树是它们共同的家园
泥土是根
是青黄交替的故乡
也是，我们的故乡

第二辑 泥土的味道

屋檐下的天空

枝头摇动的风响了风铃
风铃载着屋檐下的天空

万般跋涉
海水般的蓝
仍走不出这边界

一片一片叶子
遥望故乡
温暖将月亮湿润

母亲体内的雪花从没停歇
母亲点燃的灯火也
一直在窗口，明亮

父亲

透过岁月
失眠的夜走出清晰的你

冬天有多寒冷
一座山就会有多温暖
泪水已经抹去许多言语

你的身影让我一再失重
被搀扶的幼年,被托举的童年
被鼓励的少年……
直到疼爱呵护的今天

星星一直朝着我眨眼
窗台的风声一阵紧一阵

攥紧衣角
父亲,我知道
你一直都不曾离去

油菜花

每年这个时候
会哭得更久

一滴雨,开出一朵雪花
雪花方向是油菜花

胡姬花固然靓丽
也有狮城冬天二十八摄氏度的体温
但它不能说出父亲听懂的方言

每年这个时候
还是油菜花抢先替我
跪在父亲的坟头

三月的田埂
泛出一瓣一瓣的金黄
那里经过的蝴蝶,也能
一一喊出我的名字

隔岸

一艘船与一棵树保持惯有距离
这么多年的不断漂泊
成为枝头间的四季更迭

故乡翘首岸边
月亮成了最牵挂的人

雪,总是最早醒来
纷扬人间烟火气息

三年前的秋天又一次离开
风,依旧是最后一位挥手告别

梦在来去之间飞舞
与蝴蝶一样
比油菜花还灿烂的
是船票

乡村郎中

张开嘴,看看舌苔
伸出手臂,搭搭脉
望闻问切在最初的记忆中就
顺理成章

儿时卡在喉咙一个脓包
哥哥们时不时感冒发烧
那条小路背着母亲
母亲背着我们
陈太爷,姚老先生
一次又一次凭经验将母亲的担忧瓦解

最记得陈太爷给的那粒糖果
红红的包装纸收藏童年
也收藏着至今走不出的
故乡

月光辞

被称呼水做的女人
梦的衣裳
一座山背面的阳光

热恋的文字是金色
年少的诗集
种出青果

每一滴水拥有各自温柔
每一颗石子都能称出
一首诗的重量
蝴蝶,是百花中飞舞的王

沧桑是你的又一个名词
所有醒着的,睡着的
来自不同世界

蓝莲花举高满池清澈
流动的音符,自远处
飘来
今生,我们有最美的遇见
相随

最后一片雪

最后一片雪
迎来第一声鸟鸣

不管是否在途中
故乡,是她永远抵达的春天

可以化作一滴泪吗
多少年的相思汇聚比明月还亮的梦
多少年,母亲的黑发已成白发
多少年,孩子转身颤动的肩头
也已渐长成一座山

多少年啊
乡音不改
蝴蝶,载着有家的世界

用歌声复述寂静

就这样,用一盏灯
静静地看着你
看着梦中的你

你的名字是我一生中
最动听的音符
没有再合适的词语,超越

几棵老树
一群盘旋的麻雀
油菜花捧起的炊烟
以及与羊角辫背着书包
一起蹦跳着的朝阳
都在眼底一页一页珍藏

街头飘来流浪歌手的
一句
"你在他乡还好吗"
雪花终于忍不住
簌簌地下了一夜

连同你,还有父亲

一只鸟的迁徙

故乡从不缺翅膀
翻山越岭的步伐不仅为
流浪

雪,在每年这个时候开始召唤
南方与北方都是彼此的起点,亦是终点

衔上红灯笼
照亮老屋白发
一棵树上的枝丫拨动
心弦
叶片用雨水,把自己洗得锃亮

生命是一段风尘迎接下一段风尘
归途,一直跋涉在路上

雪

久违的花朵
所有的语言都在飘洒之间

游走在现实与梦幻之中
滴答的雨声从未显身

阳光是父亲
也是带走她的最后一位情人

屋檐，瓦砾，高过天空的枝条
有雪遗失的影子
更有用炊烟与鸟鸣
截获的中年

雪，是唯一把旅途当归途
并不论悲喜

城市的天空

秋天最容易打湿窗口
落叶,有我们的父母

用第一声鸟鸣指认问候
用第一缕清风升起炊烟
而大片大片的雪,始终填不满曾经的老屋
以及田埂的坟茔

所有的城市没有什么差异
加冷河,波士顿,马德里……
说着不同语言的土地却共有一个乡音

月亮下溅起彼此的浪花
"回家"是此刻最美的名词
于是,一朵又一朵蒲公英
开成许多飞翔的春天
许多双失眠的眼睛
燃亮,黑夜

纸上月光

跋涉过的路，筑出许多故事
曾经共同期待的春天
一起伤感的暮秋
捻成瞬间

高过天空的火焰
从未融化过稻草人
一场离别，一颗玻璃心

月光下到处空白
那么多支笔伸出指尖
瘦弱的星星筑成不说话的石头

众多江南只剩一袭青衣
那么多的黎明抬起头
故乡之外
世界是最辽阔的荒原

大风,吹着黄昏下的影子

她一直在等回家的人

黄昏下,风替她
数每一片叶子
嫩嫩的,是城里的孙辈
走得匆忙的,是子女

每一年相聚都是那么有限
每一次还那么短暂

一枚叶形发夹,握在掌心
那是出门多年的他留给她的
她也在等

越来越瘦的影子
泛出越来越多的雪
等,几乎成了她余生的全部

没有说出的部分

这只是我们之间
没有抵达的雪

无所谓山的高低
河流的深浅

花期的长短决定于
草原的辽阔
这与羽毛下滴落的天空
等同

隐去灰色的部分
修改一下密码
把一生的梦继续交给风

海,鼓起的帆
替我们交出命运
至于之后飘洒的故事
那是没有终极的,蓝

一生的热爱

我听见风穿过躯体的声音
这风里有格桑花,有伊犁河,有天涯

我们随文字一路奔跑,一路流浪
孤独终老不是我们的选择
——因为有你

又一次的启航,诗意的月亮背上行囊
再大的雨雪都是风景
我们终将是过客

控制不住的魂魄于黎明前发出了声
那么就留下这或深或浅的诗行
一生的爱啊
雷鸣到来的时刻
始终没有落日

老屋

这么多年一直没有走出老屋的模样
父亲生前修建的猪圈
也有我与哥哥们忙碌的身影

几只贪玩的鹅鸭每天押着傍晚准时回家
不算宽阔的庭院时不时传来锣鼓与鞭炮声
父亲开心着哥哥们的骄傲
连厨房间的木门也笑得怎么都合不拢嘴

我的羊角辫与花布书包
蹦跳许多年少时的无忧与快乐
一场疾病没有让父亲倒下
我明白,那一定是挚爱麦子喊醒了他

如今,父亲在田埂
而父亲的微笑,在一枚钉子的呵护下
始终没有踏出老屋
半步

回忆老屋

与曾经的人间一样,周身皲裂
就连遗漏的阳光有时也有点摇晃

蒲公英、苋菜与蔬菜瓜果
一起努力加固老屋
也拴牢着我们的记忆

我的文字竟然不约而同地列队
就像婆婆精心种植的那些整齐的花草与四季青

门前的河水与以往一样弯曲
老屋的目送也是弯弯的
老屋的炊烟也是弯弯的

只是婆婆一直祭拜的香火
是笔直的
通往老屋那条多少年以后的路
依然是笔直的

一座翻不过去的山

这些碎了、醉了的波浪
任一艘艘船摇晃

晨起捧起的露珠
试图清洗玻璃上的轮廓
那凹凸有致的版图
在异乡被抚摸了无数次

芦苇挑起的明月有你的名字
大雁北去的时候,也有我们的回归

被河水弯曲的老屋
村里曾热闹的十字巷
蜗居的燕子
以及供养春天的油菜花
都成为枫叶红了的理由

当然更有田埂下
我的父亲

回望
——致爱人

这里每一粒石子曾抚摸过你
这里的青草还是当年的模样
大雁呈"人"字天空列队
——因你的到来

八年了,你自言自语
像呼唤你的孩子
大士地铁站
这里的柱,这里的梁
有一段属于你创造的经历

晚霞落在你脸庞
那么自信
也映现了当年的颗颗汗水
一口流利的英语现场指挥
我真的满满的骄傲

这里也是我当年怀着相思第一次到来
那里是办公室
这里的楼梯挑高两米
你第一次边看边与我说着

第一次,我发现你那么美,那么帅

当我情不自禁仰视你时
你却不好意思地说"没什么的,没什么"

对面就是马来西亚
无限的留恋,也留在我的心底

有空我陪你再来,我要你带我看望这里十八年来你参
　　与建设的每一处
公寓,组屋,商场……

缓缓的列车
移动夕阳,移动不舍与继续的梦想
还有无法割舍的一切

第二辑　泥土的味道

新的一天
——致自己

流浪背着沉甸甸的人生
托起的风雨
浪花和解

以女儿的名义
以妻子的名义
以母亲的名义
以及以成为亲戚的
加冷河与椰子树的名义

五十颗石头搬运中年
含着泪水的是非曲直
此刻的幸福依然感恩

故土燃放的蜡烛
蝴蝶的身影
反复出现
——桥头与玫瑰花一起的等待

那条路已承受不起

对岸的河水拒绝侵入
一颗星子
耳语着虫鸣
如我

蓝天下的大海深夜最亮
我看见大片的童年，扎进
太阳洗净月亮的余晖
此刻
人间一切都是那么亲切

给余生安装一张固定的笑脸
携上孤独
任岁月风尘仆仆

第二辑 泥土的味道

仿佛看见

这个村庄活着保持原来的模样
草木如此枯竭,没有源头

望不见的天际伸出一只手
吵嚷的街道,与此刻无关
我在一棵树上,找不到一个关于疼的字
关于疼着的流浪远方

山,有数不尽的太阳
一粒种子开出泥土的花香
海鸥正抬头

这一切都是我仿佛看见的尘埃
如此渺小,容不下一滴眼泪
背负匆匆行囊,与
红尘作别

或许这才是解脱
或许这才是有缘无缘

来自森林的远方

烟雨散去故乡的灰尘
偌大的森林
我们的身影置放于每一片叶子上面

风,每一次涌动都
裹含着不同的诗语
让春天走来的绿
持续繁盛

这个时节的日出
燥热了海
鸟鸣清脆的天空
因有将至的远方
不再向左或
向右

四月

绵柔的雨更加伤感了四月
春风带到人间的思念
化作柳丝,牵牵绊绊

故乡的月亮被雨水清洗得更亮
父亲的微笑穿透田埂

熟悉的蝴蝶
熟悉的油菜花,以及
在石碑周围歌唱的蝈蝈
在这个四月
一次又一次叙述着
二十多年前一个字都没留下
而突然转身离去的
父亲背影

深夜,我抱紧四月
不让诗行发出声
因为,我怕打扰了
父亲

归途

水中映出旅途的模样
足迹耕耘的汗滴浇灌岁月
千层山,万重水
凝成一方一方的绿
在眼底开花

天边的云朵是故乡
抬头,有日出温暖的呼唤
低头,有无数个梦簇拥黎明

这一对用生命守候孤独的亲密爱人
就像无数个我与他

归途,是流浪者坚忍不拔的信念

是思念寄托的地方

拧紧流水
河床更加辽阔
一尾鱼藏进记忆

此时的山，皱纹加深
不是想象中的苍劲
月光斑驳，温柔
一颗心于黑夜瞭望

风沙略带泥泞
走过的四季曾阳光陡峭
手握故乡的人
把风雨摁进鱼的鳞片

春天，是治愈异乡人的引子

雨的潜台词

把时光打湿
秋风吹白了故乡

一路向北
遇山翻山，遇海跨海

一盏灯，一扇窗，就是
抵挡内心的伞

老屋门前的树叶渐渐飘落
只是每落一枚
田埂就会添上一些新土

与芦苇一起打滚

凌晨两点了
窗外安静得只听见
滴答滴答

我的身体正搬运一场风雨
几把点燃的星火，也正缠绕着不远处传来
寺庙撞击的钟声

玻璃上的蚂蚁

整天忙碌着,开垦搬运
阳光与月色没有腐朽它们的梦想
薄薄的霜在指尖刻一条路
大片的森林与粮食仿佛靠那么近

也有最亲的人
隔着一层透明的冷
即使孤独也是那么明亮

树根是移动的镜头
一阵微弱的风过来
最细的树枝就是救命稻草

回家,是它们一直流浪着的身影
细细的足下,翻越千山万水

只为一座城市,一扇窗

发光的故乡

凌晨的海水,清凉
海鸥失眠于礁石
海,是它的故乡

一幢楼仅保留一盏灯
透过去,满是春天
不想过多沉迷于沙滩
十月的枫叶不伤春悲秋

一排脚丫踩住浪花
翻滚的浅蓝
压住胸口发出的
呼声

第二辑　泥土的味道

那一年的篝火

那一年
火花四溅
仿佛整条河都属于青苹果
也曾那么确信,不会与"永恒"走散

保持喜欢着你所喜欢的

几十年过去,风,还是这样的风
只是,当初燃起的火苗
与那些被拦截的鸿雁,仍一起滞留在远方

从肩头起飞的蝴蝶
把光阴剪短
把你我的故事一寸一寸绵长

我的祖国

此刻,借一盏返乡的灯,凝望您
您一年四季的山水都是红旗的颜色,包括天空
这鲜艳的红
在血脉时常奔涌
眼角也时常溢出盐分

黑土地、黄土地生我养我
长江黄河升腾与明月一样一首又一首无眠之歌

或许离开母亲久了的孩子
更能懂得乡愁
"中国国货超市"在狮城一直是最爱逛的
这里有熟悉的乡音,家的味道
"老板,来一包山东花生""来一瓶老干妈辣椒酱"

"每逢佳节倍思亲"
平时滴酒不沾的我也会
破例饮了几口"今世缘"
与从老家门前那棵树底下带来的几把泥土
与几枚落叶一起沉醉

圣淘沙那棵伸着长长手臂,朝向家方向的椰子树

月亮河
YUELIANGHE

还有撞击海滩的浪花
所有这些都成了
不可替代的呼唤

你说的孤独

与一整夜的黑暗无关
你的哭泣
草原散落的星星，白色的
格桑花，一朵朵蝴蝶

起雾的诗句挂在玻璃上
想你是忍不住的铤而走险
我们之间不是错过

雪花固守着一片叶子
沉默从来不需要言说
从离开故乡第一步算起

会是冥冥之中的注定吗
虽然没有缘见
时常突然有秋风遗失
云儿把雪山坠落

一起从远方出发吧
就算天涯再没有边际
七夕，有我们的承诺

最亲的人

天堂是我们自己虚构的
那里的云都是空的
那里,也没有所谓的远方与缘分

圣淘沙,加冷河,还有现在的义顺
我抚摸每一个从身边经历或
正经历的词语
它们带着泥沙

阳光白云是交替更迭的被子
草儿是流浪的毛发
紫色的狗尾草假装快乐做梦

我的心跳来自八千里外的那双眼睛
常常描述离别的滋味
升起的火苗能把黑夜烤得吱吱作响
还有葬我父亲的那把故土

总有一天,都会明白
谁是我们最亲的人

母亲

蒲公英飞成一朵云
一把伞
母亲握住阳光
握住清香微苦的救命稻草

母亲还买来三只乌龟放生
河面升起三朵粉红色的莲
母亲的额头，印着感动佛祖的伤痕

那时我用满是针眼的手背
撑起岁月
终于渐渐明亮

如今我成了母亲窗外的蒲公英

中秋

月饼,菱角,藕,花生
买断了我

城市狭窄成
一列火车

罗列出来一大堆词语
遗失在多年前
固有的沉默在胸口起火

故乡的名字与你
今夜燃成月圆

失约的河流

桃花打开了春天
背影,站成了人间孤独

流沙轻扬
天涯拒绝妩媚
加冷河的水滴,丰盈
伊犁河

一万次的踏入,保持新鲜
茫茫人海总是一眼就能望穿
可,总是离得那么远

思念在深夜碾压
萤火虫点燃的窗外
试图
和解我们错过的路

远方举起火把
草原尽头的你,身披
蝴蝶

方向

刻在大地上的皱纹
似万千深深浅浅的河流
一尾鱼循着河的痕迹寻找大海的方向。我明白
这肯定与一场雪有关

过了小寒,年就近了
那白里隐现的骨朵红
多像失散多年的娇媚
枝头引发的一场燃烧
它需要的是,褪光落叶的一棵树孤独

天空飞得最高的是一只鹰隼
而一群鸟,排成人字
正飞向我乍暖还寒的最亲远方

与它们为伍
故乡,是难眠于我掌心多年的忧郁

缘分如岸

你说冬天是最苍白的
树丫挑起的温暖也是如此寒冷
叶子,距离孤独最近

缘分如岸,我们是彼此失散的河流
失眠的黎明细数
浪花

不能自拔的事情是一种陷阱
酒是最好的解药
失落的文字斟满

故乡有一个人的呼吸
伊犁河畔有两枚相拥的石头
《离别草原》一次次清洗着雨水

眼睛是醒着的月亮
翻过那座山
我们就不会搁浅

共同的家园
——写在"华美文学社"创办一周年之际

这个声响开出了巨大的花
这里
来自五湖四海
是又一所文学净地
诗歌天堂

花开的时节你在哪里
为什么有时你的天空
充满忧郁
是什么事让你如此久久不忘
你指尖跳跃或沉默的诗行
告诉了我们

不要说夜太黑
不要说离天堂最近的是孤独
更不要说世界有时太冷

穿过黎明的光亮
照亮灵魂
人生的舞台
我们有伞

我们与浪花一起
嬉戏，追逐
我们有永不枯竭的草原

我们懂得伊犁河
我们明白七月蝴蝶
我们用一座山感恩
我们抱紧月亮
走天涯

第二辑　泥土的味道

我们
——写在"华美文学社"创办一周年之际

曾经把自己,丢进风
丢进雨
迷失的灵魂没有方向

但石头是一直醒着的
还有木鱼敲打的骨头

忘记一切,起航
缘分真的可以凝聚成海
山峰是我们迈出的脚步

我们
在孤独中复活
在一支烟中燃烧
在一杯酒中迸发
以及众多的不约而同

一朵花隐藏的姓名
众多的刻骨铭心
遗失在指尖的故乡
我们,用跳动的诗句找回

真诚与善良不再忽略
幸福是以后经常被念叨的名词

在这里，我们在一起

第二辑　泥土的味道

乡村来信

仅有的麦子，抛售

计算着每一个黑夜
每枚鸡蛋都能闪亮一个瞬间
一小块豆腐就是全部午餐

沉淀岁月的手帕
一层一层包裹希望
随同字里行间母亲的嘱托

"南京"，三十几年前就驻扎在我与俩哥哥之间

只是那时，有些把日子快磨白了的秘密
父亲从来不让我在纸上言说

沉默的河

走出大山就是蹚过
一条河
夏风,纹丝不动

河床孕育的温度,习惯了
夜晚一点点释放
鹅卵石,起飞一对蝴蝶

水声略显温柔
再加上草儿,鱼虾,以及
属于证词的萤火虫
就更加
富有残缺的完美

路,要继续走下去
失去与离开的意义大致相同

多年以后,两岸的花
依然开成了,故乡的
眼睛

童年

一朵花打开春天
在蝴蝶的喧闹中
梳理时光

那时候
一元钱抵押三百六十五日
一套花布衣盛满几年的喜悦
四十四块糖果凝聚众多的新年祝福
铜锣炸蚕豆，丢沙包，抓龙头
以及村中那座桥上留下的蹁跹泳姿

那时候
一碗稀饭能串门村头到村尾
"三子，三子"
妈妈的呼叫，总是那样急切

那时候啊
细盐与白糖分不清
成了村店主抓获的"尾巴"
致歉，二哥延迟一年学业陪伴

阵阵鸟鸣唤醒
一朵浪花指认的童年
在狮城复活

第二辑 泥土的味道

盛夏

荷花开得正旺
那些红的、白的、粉的
还有特别喜欢的紫罗兰

像是从梦里涉水而来
夹着兴奋的蝉鸣

满池的碧浪,翻滚指尖
古筝、琵琶一遍又一遍弹奏着故乡
故乡有曾经的你我
那些回不去的光阴啊
似一粒种子
常常在这个时候疯长

一叶扁舟奋力划行
只是怎样努力
都没能划破那些
微微发黄的纸笺

稻影摇曳

醉了田埂
父亲捧出手掌
大片大片的金黄
填满深秋

这是土地生长出来的家的味道
是父亲生前无数次期盼的喂养

这挺直腰杆婀娜的身姿
这低垂的成熟
引来无数归乡的列车

而那些一直在奔跑着的
一边含着泪水
一边装作漫不经心

这一天,满是祝福

一枚枫叶,裹着北方的气息
雪与你一起落在,窗前的字里行间

酝酿好久的诗意,这个时候却满是中年的稍显隐忍
每一片雪花都有你的呼吸
你的目光跋涉千山万水
她相信
今晚的月亮,会一夜无眠

各种笔触的画上
有你热爱的四季
有来自大自然相亲相爱的一家
还有逼真的瓷器与你名字一样的
——白桦林

透过白桦林的斑驳
挺拔的躯干如你
从不妥协如你

心底捧出热烈的玫瑰
每一枚花瓣上都有黎明凝集的露珠
有深深的祝福

孤独,从这里出发

蝉鸣渐渐稀远
被夏风扯下的秋
靠近一扇窗

一枚枯萎拒绝坠落
透过躯干的阳光是它的脉络
回忆,此刻是最致命的想象

再拧紧一些
海会越过一座山
天空,跨过一片世界的蓝

挖掘大把大把的词汇
继续下降
继续黑,冷

或许,这是必经的抵达
一朵花,铭记着这
一切
热泪盈眶

第二辑　泥土的味道

乳名

"三子,三子"
从村南喊到村北
从村东喊到村西
有一堆词语,正聚集
一朵云
下雨

田埂,原来没有寂寞过

我用文字触摸
一棵树的温度依然
散落的枝叶
随季节流浪

无数个月亮收拢的夜晚
一声声呼唤
我又迅速回到
父亲的面前

寂静

烟火挑在一个人的指尖

天空空得只剩时钟
身旁的一棵老树仍不断加厚着年轮

落叶
就是漂泊的样子
而雪花
将一次次旅程温柔覆盖
又用阳光把自己擦拭得悄无声息

土地上聚集了那么多归途
散落的烟蒂正燃烧一条河
其中恋恋不灭的那个
应该是离开他不久的
父亲的眼睛

从此,他没有父亲了

我们没有父亲
已经,二十四年多

黑夜满是故乡

暴露的伤口显现,舔舐
轻微的风抱紧月亮
蝴蝶贴紧窗口,一粒尘埃
睁大的眼睛
树,托住

步履匆匆享受此刻的安静
疲惫碾压成的问号
秋虫无法回答
异乡的路蜿蜒,满载尽头

几千个日日夜夜,一次一次漫溢
纷飞穿过深秋
指尖燃放的花朵,芬芳

我,成了一个无家可归的人

第三辑

月亮的独白

我的悲伤从不影响别人

海上起舞
疾走的风打不开任何局面

徘徊的岸,树梢隐现明月
牵引浪花的绳索
浮沉

你轻咬食指的姿势,已印在
日记的扉页多年
把自己已输光,这是我
必须承认

天空落下的雨滴
不会影响太阳的升起
拍拍自己
整座岛淹没的荒芜
还有一枚绿叶,薄薄地相依

与星星对话

满天铺满梦的颜色
发光的蝴蝶,摇曳
裙摆

思念用风丈量
誓言演变流浪
远远地离去,背影依稀

若眼泪变成了石头
是否唤回两艘船曾经的并肩

一切都是水做的月亮
天空,是唯一懂得
我们的来路,与去路

第三辑　月亮的独白

月的独白

孤独是人们赋予最多的词
其实与夜为伴成了习惯

不信你看
沙漠，河流，森林
到处都是我的身影

一粒沙可以展示辽阔
一滴水可以荡漾一座城
一片叶子漂泊整棵树的血脉

三百六十五日都会"回家"几次
我们的团聚谁都可以看见

每年到她的生日
屋檐下的风铃就会格外颤动

记忆看见了我

斑驳月光
把我拆解
从中年至童年依次
分行

盐与水的轻重
鱼尾纹与黑发之间的距离
以及莲花与父亲怎样隐藏故乡

当然还有从相册里飘曳而至的雪花、云朵、阳光、草地
它们把我一一指认

七月的今天
看见了我
也听见了我遥远的乳名

第三辑 月亮的独白

月亮与高脚杯

一棵树丫升起了月亮
也抬高了一杯酒的浓度

压弯的躯干
这个时候放松
一切事物的呼吸是如此均匀
一本书中的紫罗兰、丁香、狗尾草
也远离了白天的喧嚣

此刻从一扇窗口读自己
再合适不过
轻盈的玻璃有着千言万语
一件衣服收藏夏季
收藏我们各自的孤独

故事不断重复
河床上涨
指间的烟雾，逐步潦草

黄昏饮

一杯酒不敢轻易触碰风
风中凌乱的花瓣
每一瓣都有碎了的往事

天空涂抹的晚霞
寂寥暮秋

用尽大半生
未喊醒一个人的名字
而一场梦只需几分钟的大雨
淋散

岁月兜兜转转又几十年
许多词语窗台堆积
落在酒精里的文字
依然有些许青涩

只是那条路已不是当年
我却仍在原地

走过自己

激流从身边涌起
月光用一种暗语造访

堤岸的草木目睹深浅
草帽从风雨中抽身
泥沙、石头、水流说着
不同的名字与故事

黎明,用扁担挖掘的
第一道曙光
脚印,每一片沼泽过后的
亲人

隔墙有耳

那么多枝叶似乎已
忘却寒冬

黑夜催生着每一粒种子
远方的草木
每一株都是细微的故乡

滴落的晨露
有波澜的海

烟蒂，空酒瓶，与无数次的失眠
努力不说出
与回家有关的秘密

空镜头

每一艘搁浅的船
都会消逝一朵浪花

晚霞辉映的海面
是一场雨后的寂静

沙滩上遗留的足印
踩高了秋天

倒扣的白云彰显出
一种格外的美

零星飘落的花瓣
填补着镜头下
拾掇的空

卷珠帘

立窗前
披一身的碎银
回忆

我们终究被生活捕获过
这是不可言说的秘密
走过的岁月
就如这卷起的珠帘
冷暖自知

帘上的珠儿串起风
串起属于四季的蝴蝶

酒微醺
远方,不远

多年以后

只是月亮已老
而树还是那棵树

岁月递来的拐杖
说不出更多方言
或许沉默让更多条路
遗忘了奔向你的方向

秋风披上的翅膀
越来越接近泥土
我们最终成为,无名无姓

有酒可温的黄昏

多年前遗失的青石巷重新浮现
隔着酒杯的晚霞重新走了一回

两边的枝头依然轻过红灯笼
越压越低的云与油纸伞越走越近

石头说着秋天的故事
你挥手画出的离别
一转身就是多年

从你身边飞出的蝴蝶
好像不断告诉什么
但我已听不懂当年的语言

橘红色的玻璃含着眼泪
与往事一碰杯就碎

蓝色的火焰拼命克制
一首我喜欢的《爱情故事》
留在当年你送的玫瑰上

后花园

曾泥泞不堪的路
抵不过一丝阳光
一枚花瓣

无数个设想
只为一个结局

心灵的屋檐
摒弃黑夜
再放一匹驰骋的马
叶欢呼,蝶纷飞

这一切从第一次的失眠开始
从此空不再是空
孤独更是又一种辽阔

听蝉

起伏的蝉鸣
拨动夏天的最高点

潜在一首诗里倾听
没有听到一丝它们在泥土里多年煎熬的苦
每一个音符都充满阳光
充满干净，利索
就像它们的一生澄明

尽管最终孤独还会回到孤独
尽管短暂的命运充满未知

它们用歌声唱出了从他乡到异乡
它们用歌声唱出了可以用一根刺挑破黎明
又可以跌落黄昏

一位花甲老人从诗的末尾起身
他那春天般复燃的眼神
正在注视一只忘我的蝉

路边的雪人

这些从天而降的天使
是人间给予它们重生

天空是它们的出生地
而大地才是天堂

它们有的长得似瓷娃娃
也有的似奥特曼、航天员、冰墩墩
更有的似
孩童的爸妈
爷爷奶奶的孙子女

街道,村巷一下子热闹了起来
人间于是多了一些温暖

而当日出时
它们又会带着不舍
返回,故乡

半生荷塘

霞光映出另一个自己
云朵收起脚步
与热烈的荷对视

半截河面
托住叶的全身

鱼虾、蝌蚪,甚至即将出发的萤火虫
闹起了六月

尘世就这样一下在浮躁中安静了下来
所有的奔波被洗涤

夜敲打着木鱼
河水聚集众多佛语

当繁花落尽
这里,是故乡最初的模样

背对月光

喜欢没有一颗星星的夜
生命的底色都浓缩于此
我们原本该从这里走来

海,不断显现连绵
一颗心该承重多厚的山
渐弯的背,几双渴望与期待的眼

故乡一直飞翔着
门前走过的四季
我只取第三季节

一片树叶
或许不能唱完漂泊的歌
但思念从未缺席

大地上种子粒粒饱满
除去风尘
我还听见了
阵阵归来的风声

空白

我在一张纸上没有看见一个字
都是空空的白

我不知道我的那扇窗户
已经流失在哪里
我也不知道你的眼睛,现在在什么地方躲闪

那里的灯光还会写着你的名字吗
那里的海,还有没有失眠的等待
抱住一条河哭泣
我知道没有一滴水能够为我擦去眼泪
我也知道,没有一粒尘埃
能够透过玻璃
给我铺展一条路

如此艰难
努力有时就是一件非常错的事情
天空,真的没有一个字

把掌心向上,我展开
撑起最高点
所有的一切都不会是瞬间的事

孤独者

我看见所有的月亮在跳舞
饱满的星子争先坠入海里
海,在每一张纸上开花

一座岛刻出的帆
画出风的翅膀
跨越千山万水
一个人,是另一个人的唯一失忆

淘洗出半颗心
连对话都成碎片
纵然繁华万千
倒置的天空,依然
一无所有

黑夜,是此刻最明亮的灯

在路上

无数个场景反复预测
落花,还是个多变时节的产物
流转的云朵不分昼夜
你的笑总是那么轻描淡写

风雨有时是不该拒绝的事物
用绝望燃起的风暴
更能揭竿而起

日出,希望的火炉
也是毁灭夹竹桃、断肠草的利器

从一粒尘埃做起
它也是草籽卑微的土壤
风筝握在一棵树下
不论其他
我们最终还有一双眼睛
期盼,翘首

第三辑 月亮的独白

在花落中告别

风,还是折断了枫叶
卷曲的是一层连剑都无法穿刺的冰

之前一直在被呵护的花朵
一团火不经意灼伤了她

大地是厚实的创可贴
散落的花瓣,在与天空的挥别中
落成秋天

多情的事物往往容易失控
但又是属于苏醒最早的那些
走过黑夜,仍是不一样的自己

重返枝头,春天从没放弃

路过秋天

请原谅,没能在落叶里挽留一条河
溅落的浪花早已风干了思念
把一艘船搁浅在年轻时的堤岸
归途至今与雾一样

这不是儿时的迷藏
是什么让纯净一再失血
苍白时常替代天空的颜色
梦扼住黎明的喉咙
你的名字,一再替我发出整片树林的声音

拒绝与遗忘都是失去的方式
高过夏天的火焰在秋天的翅膀逐步枯竭
匍匐于眼底的月色
成了一堆荒废的石子
落寂的背影,拖着长长的黄昏

在一首诗里

习惯了把自己融化
可以装疯,可以任性
可以用另一种方式去爱

文字制造的武器能让一些事物,活过来
失散的雪花
能在冬天以外的季节得到最好的发现

刻意的隐藏是一种矫情
晨起的露珠聚集无数双失眠的眼睛
就像一首诗的末尾发现了人间以外的失落或惊喜

一根断裂的羽毛

勒紧思绪
用一粒石子问话
反复迎合尖锐,最终戳伤的是谁
用那页空白的纸笺发声
这里为何只剩一片荒园,那么多曾经的美好纷纷逃离

最后一枚雪花最终没能留住天空
疲惫一再失重
落在窗玻璃上的雨滴
把中年时不时,折断

而文字是最好的创可贴
更可起死回生

相同的沙砾

每一粒沙砾,都
怀揣天空
它们时常聊故乡,用各自的方言

四海为家的梦里都
扣着一艘船
船上装着几枚或明或暗的月亮

雷电,有它们成长的音符
雪花,有它们许下的归期

它们是海的女儿,山的儿子
更是我们的,前世今生

听海

里面有一生的承诺
这里的颜色是没有黑色的
衣角走过的风浪花淘尽
奇迹于平淡中见证

一座岛屿触碰的帆
在一页纸上犁出航线
十指扣闪着金光
眼睛滑过的草叶
覆盖伤痕

湛蓝的故事深不见底
一尾鱼满世界张望
发光的鳞片喊出星星
堤岸的枝头不断清空离别的驿站

而一个人是另一个人
无法唱完的歌

不容忽视的抒情

那么多的雷声从雨水走过
从山上至溪涧
从南方至北方
从春至冬

一束跳跃的火苗来不及告别
许多冰封的梦需要化解

雨水很轻但能阻止
一场旅行
雷声串起那么多光
流浪的船帆被照耀着

呈现出另一个故乡
还有更多的期待与温柔

置换

立身其中,似乎
这个世界只有我
第一次被这样的空静
置换

有雨是正合时宜
那些过往也被清洗得根本不值一提
放一匹马驰骋
岁月的缰绳在每一棵树上
种下年轮

文字的羽翼虽然饱经风霜
仍站成排排水杉、青松

无法把自己喊领回家
这是我此刻
唯一能做到的

秘密

加冷河有故乡"失踪"的孩子
我捧起一把落叶
风一吹,就成了鸟
起飞的样子

那里的每一颗沙石
都包裹着一滴眼泪
每一根柳枝都飘动
一句方言

狗尾草、蒲公英常常聊哪个方向的灯盏最亮,最近
埋在河中央的心跳
时常令一扇窗彻夜失眠

那里的月光啊
都有远方
都有来自远方的妈妈,闪烁

时间的答案

一树一树的花开，都是
起源于初始的嫩绿
光阴从来没有亏待过一座荒山

从一粒种子寻找
低眉的秋天
风过处
滔滔河水，洗涤月亮的身姿

一扇窗
就能显现江南
抚琴的人，径直抵梦
画里画外

旧账

一朵花落在酒杯里
与夕阳对饮

透过霞光
看见了无法复原的裂痕
曾经那么多的付出
转身成灰

后来知道
几次偶然的遇见
是你故意设置的情景
只是都被我当作
无法指认的雪花

或许尘世原本属于祝福
我们因此欠月光，太多

左手边一本泛黄的日记
总是最先记住了，九月

听雨

滴滴答答,所有的森林都在倾听

把心交给一扇窗子
玻璃浮现的云朵
似山的轮廓

从那里走过的光阴
留下山花、溪水、月光
一路相随

还有在雨水中
不断成长的背影
以及一次次与现实对峙的梦

如此刻,与风无关

第三辑 月亮的独白

化石贴

一条河被打上休止符
从此天空不空

在沉寂中交出肉身
在风抵达之前
刻下活着的模样

比如它们最后一声吼叫
比如它们的一滴泪

用千亿年流转
前世，今生

一把旧雨伞

它收拢起许多旧时光
童年、少年足下的泥泞
早已被沥青覆盖
青砖碧瓦装着草房子的欢乐

云朵不忘追逐那时的身影
伞上有星星,你会相信吗
至少我亲历过

屋檐下悬挂着这么多年的沉默
伞成了最好的伙伴
相框里的父亲一直微笑着

他明白已是中年的我们
早已学会了扛起风雨

这把伞的骨架
一直提醒我们
在哪都要,站直了

一个人的晚餐

对面空无一人
举在半空的杯子又放下

时光锈蚀了那把心锁
日记的扉页画着一个人的名字,层层叠叠

海水漫上来
大半个月亮隐蔽
一张相片已失声多年
一场雪,也迟迟没有告别

立春

祈祷依然装在衣袖
满月亮都是香火

冬眠的秋叶,渐渐醒来
那些曾纷扬雪花的河水
已没有怯意

堤岸一直很美
莲花辽阔
油菜花供养的春天,雾霭越来越薄

即将破晓的黎明,泪流满面
我想,石头也会是这个样子

第三辑 月亮的独白

一场雪

你还是走了

这个冬天
把你塞进耳机
反复听一首歌
这首你最喜欢的歌

阳光都躲进了叶子背面
顺着脉络
探寻你流浪的轨迹

天涯,比天空还辽阔
此刻,来一场雪正适宜
满天都是你的影子

几十年过去了
我们之间还会有雪崩吗

只是我把自己一次又一次
埋葬于雪后的冰封

飘

在风的掌心
我们交出岁月、命运
以及爱情

似一粒尘埃
从这山到那水
似飞扬的蒲公英
经历再多的苦都有金质的梦想

大千世界
我用方言安身立命

第三辑　月亮的独白

一斛珠

泥土的醇香是肌肤

偌大的荷塘
只有在夜里才泛出蝴蝶的心事
捻念一个人的名字

把一条路看成生死
不去悲戚已逝的年轮
努力跳出
这层层叠叠的田字格

一万年够不够
任沙尘从身边飞过
任美人穷追不舍

最大的幸福,莫过于
有一份惊喜突然而至

一如此时
掀起的山风
那涌现的草原
托起迎面而来的野马
更璀璨着一颗颗隐藏的星子

翻开

翻开冬天就是春天
可以迎风流泪
可以在一座岛上以流浪的名义
继续孤独

菩提花开
与一朵云握别
压过的雷声,不足以抵达

一场秋雨收敛进一座荒山
而我置身其外

知道一直存在
那也只是与遗忘有关

生活是人生的一部分
一些哲理顺其自然
多少年后
看着重新站起来的一页页
有些沧桑,却很唯美

手写的孤独

将心放大了一万倍
秋风缠满云的语言
各种情绪,依次诞生

海的深蓝,太阳的红
还有枫叶上久悬未滴的雨珠
在这些安静的,或者
狂热的事物上

选择纠结着一场心事
就如以上描述的之一

石头的心不是空的
坚硬会阻挡一切
该来的总归来,该退出的总归离开

用每一条指纹翻阅过往
掌心耕植的信念
继续沧桑,继续唯美

鹅卵石

经历无数个黑暗的磨砺
忘记疼痛
河水有你发出的喊声
堤岸有你热烈的梦想

信念一直摁在心底
就算被再大的悲伤
切割

与生俱来不可被模仿
有梅的傲骨
松的坚韧
水草般的温柔

"千里之行始于足下"
其实世界,一直就在你的脚下

又到八月

一年了,向死而生的草
你从未离开过故乡
还有奔腾的大草原

指尖翻滚的诗句
与马头琴和声
大地遥望的云朵
是您的身影
伊犁河流淌的不只是情人的眼泪

你站亮身后一排排路灯
山的脊梁与你一样挺拔
黑夜点亮的雪
一片来自故乡
一片来自天堂

你说过
"刻骨铭心地爱上一片土地 /
不是因为离它近 / 而是因为离它太远"
想必你一定多次打探过人间的信息
人间有你亲手播种的花草
有你一字一句纯手工精心打造的几位孩子

思念与远方是成正比的
与天堂更是
海水倾覆的云朵
有来自狮城的思念

（注：引用诗句出自简明《肺叶版图上的金川》组诗）

第三辑　月亮的独白

潮汐

蜗居胸口的绳索,随日月起伏
浪花的执着,堤岸最懂

每一片叶子都不容易
发芽、开花或者结果

至于随风颠沛流离
至于在深夜含着雨水不让自己发出声
那是经历的一部分

浮浮沉沉,冲刷一次
就是与礁石较量一次
掀涌天空的一圈一圈巨吻
就是试图和解的方式

不远处
沙滩上的一枚紫贝壳
正倔强地唱着童谣
恍惚中,我又一次
看见了父亲

海,一直没有平静

失约的河流

镜面被一声叹息打碎
细细的水珠,悬挂

撬开一扇窗,就算经历
结局在一棵树结痂
回忆就是布满针眼的刺

善良与缘分无关
说好了的明天
在无字的信笺中撕碎

誓言比谎言还假
从秋风的肩膀跌落
肥皂泡满地

满天的星空
唯独遗忘了月亮

河面,撒满花瓣雨

氧气

早已融进血液
年轮,是拔高乡愁的痕印

二十八摄氏度的冬日如夏
义顺五楼的窗口
车来人往

风筝驾起远方
与一双眼的辽阔

我们反复成为
一枚枚落叶
彼此温暖

睡梦中
不断涌现
无限接近煮沸的河水

地下铁

满载着每朵花的流浪
安放的驿站有
城市与乡村

不同的乡音
来自同一个故乡
被铁轨碾压的爱恨
与每一颗石子相认

有人上车
有人下车

也有人是最后一班车

第三辑 月亮的独白

落叶,划过人行道

像蝴蝶,在雨水中醒着
就算是枯萎
依然保持人间最美的样子

路过,不忍踩踏任何一枚
把脚步放得很轻,很轻

与它们对话
我们彼此温暖

俯身
一枚,一枚捡拾
整个过程,都听到了《葬花吟》

但我不想埋葬这些叶子
带回家
小心翼翼

此刻,看着它们在灯光下安然入睡
我没能忍住的雨水
正每一滴掀起
波澜

记忆的钟摆

一

这个季节或许适合
说再见
我们各自离开

流水明显有些孤独

呼啸而过的驿站
清晰了记忆
梦,一遍遍翻动

雨水中,忍不住想问
下一个遇见还会在哪里

划过天涯的路
有去无来

二

天空都是隐形的
一些感叹无法等待

河流在窗口倒退
童年，少年……以及供养的老屋
这些都与一朵花有关

最耀眼的是那个相框

气温极速下降
田埂上腾起的诗句会不会冻裂？

没有担心过
——父亲的掌心有太阳

三

时光并没有削瘦河岸
乳名枕着羊角辫的梦
时常把狮城喊醒

滚落的文字，拾级而上
触碰冬天的针眼
有满满的秋
还有一望无际的故乡

把属于我们的时光与炊烟连接
灰白振翅的高飞
拴住沙漏

包括那些善变的词汇

离别辞

词汇沙哑
与初冬一起飞舞
包括那道
愈来愈远的堤岸

白纸上依偎的影子
有你,在故乡

月色侵袭的寒风
吹割我的眼
转身远去的小树林
萤火虫彼此,逐渐陌生

留存的气息
铭刻,过往

我在孤独中写孤独

没能留住自己
就算拐角处有阳光

常常把自己扔进一条
没有边际的河
一万多个日夜
不长也不短

月亮捧起一座城市
城市打开一扇窗户
整条街都是懒散的

由北方调转西南方向
一个轮廓固定
故事
落叶缤纷

烟花举起一个人
另一个人的背影在一首诗里
愈显落寂

早已凌乱了方向

飘动的纸片

是因为天空太矮
还是回忆太满
白花花的蝴蝶飞舞

总是在夜晚惊醒
那一行一行
一页一页

你走了
窗玻璃从那时溢出来的雨水
这么多年
都没有擦尽

第三辑　月亮的独白

洁白的弧

喜欢与夜晚对话
那些洁白的弧
如果真的能出入
高于草原的草会把太阳分解成
一个个渴望

常常遥相呼应
蹚过山水的风尘
在特殊的日子
把月亮连根拔起
连同我们

铺出纵横的绵延
一望无际的爱啊
结出一颗一颗泪滴的形状

那里也有我的父亲

十年以后

相信天空不会再有眼泪
即便两手空空

我会收集所有写你的文字
抛向大海
故事与紫贝壳一起剧终

扬起的沙尘
把来世隔一层路
十年,又十年

冬天还会继续冷下去吗
三楼的灯光明显昏暗
相册的扉页有你的呼吸

窗口下堆砌一堆词语
秋虫装聋作哑
在黎明前起身
谢绝一切开花或结果

在水一方

循着你的足迹
逆流而上
芦苇荡，秋天的乡音阵阵

絮白的岁月
几千里绵延

企图再抓牢一点
你的影子
一次次从我掌心滑落
包括被压碎的枫叶蝴蝶

如果说一座山丈量生死
穿越的誓言还能颤动
几次辗转的风铃

剥开季节的外衣
河流的孤独疼醉了今夜
几十次埋没的信笺
上面的字时常一页页苏醒

最醒目的那句
跪在路上已几十年

新年记

兔年春节喜聚
窗外富足的雨更加浓郁了酒香
春天在公司提前到来

炸肉丸、焖豆腐、酸菜鱼、红烧肉、牛肉、大虾……
丰盛而地道的家乡菜拨动心底久违的情愫
交错的酒杯在狮城一次次替我们祝福,思念

豪爽的吴老板,孙老板
二位热情的老板娘
青春年少的孩子们
让我们重逢家的味道
让我们相信缘分
让我们忘记了流浪

喝一杯吧再喝一杯
最好的愿望祝福威达亚兴公司
祝福老板,祝福彼此

遗忘孤独

不要再提那些捡拾的光阴
一地的破碎与我
无关

摩天轮,鱼尾狮,沙滩
此刻缀满了海
这无比珍贵的
刻着幸福

就算在黑夜被灼伤
微笑,这失散多年的姐妹
如约而至

眼前的风雨抱紧一枚石头
渐渐远离
扼住的咽喉
失声,呼出月亮

酒

用文字麻痹，也用文字陶醉
天空就是一盏盛大的杯

煮沸你，常常在夜里、梦里
随指尖的潮落
晕开了月亮的脸

凝结你
总是在一场大雪过后

紫蝴蝶，翩跹乡愁
这一地的冰凉拷问

巨大的湖化成一滴泪
徘徊在一扇窗下
邀君共饮

落在纸上的微醺，风
吹拂一生又一世

背影,在群山中越看越远

岁月的枝头探出层层叠叠
不可一世的孤傲即将
隐姓埋名

雾一样的谜底
磨瘦了月亮
朝朝暮暮任由往事进出

流水背负的思念
野菊花与满山坡的风
缠绵

暂且留住
温暖
天空下的握别

季节的边缘

一

今晚，我索性躺进文字
指尖余温触摸
俊秀的轮廓，你的背影

花经历过无数冬夏
苦恋的经文成茧
我抚着你的江山
逆流而上

两岸顾不上枯瘦
心跳落满，怦怦一地

捡拾一路的
酸甜苦辣，流浪
漂泊，一棵草的一生

无暇顾及太多的感慨
落满窗帘的蝴蝶
飞舞伊犁河、加冷河

目光所及的草原
星星缀满
以及我秀发触及的腰身
毡房飘曳格桑花香

长河有过缠绵的唇印
回过头，四海无边
天无涯

二

我的愚笨，遗失
几千年
你的名字，辗转难眠

高冷与深奥无须打探
静落湖底的失意
一条鱼佯装游来游去

故乡有你的路拾级而上
饱满的回忆再次敲响
簇拥的树举着我们当初的誓言
只是自你离开后
月亮闭上了眼

从此，我成了思念的孤儿
冷暖，与季节无关

三

其实，心痛的时候想你也是一种幸福
我的睫毛挑起有你的几十年
那晨起的露珠是聚集的琐碎
山脚下，孤独与一棵草相依相伴

总是想，离蓝天最近的海最美
那里生长的帆
有开始的方向

虽然一直泅渡这种绝望的颠簸
一片从冬雪中醒来的叶子告诉我
活着，就是这个样子
一切都靠缘分

四

絮絮叨叨的夜
把自己认真洗刷了一遍
正视无辜的远方
扶正自己的影子

或许
我的黎明，从此不会从悲伤中起身
但铭记一个人
用尽了我的前世今生

红尘滚滚
这起伏的平仄
欲言又止

五

一艘船，摈弃风雨
未知的对岸风光无限
一颗石子的传说
有你，不一定有我

走散的缘分，用因果打捞
燃起的香火，莲花梵唱

隔着思念，扬起风沙
枯萎流水的去向
做一位
热爱，佛珠的女子

夕阳西下，四季依旧
梦，依旧

第四辑

事物的两端

为何我早早醒来

云朵折叠了翅膀
始终说不出的话
如同隐藏着的千山万水

不要责怪春天的花朵根本不懂中年
每一场大雨与成长都是等价置换

流浪到底有多少种颜色
调色板的每一次晕染都会带来笔尖的惊喜
正如此刻沙滩上,撞碎的雪

努力微笑,是清晨挂起的
第一面镜子

事物的两端

世上的佛语最先铭记了
因果与缘
一朵花沐浴在阳光里思索
大街上空无一人
飞翔是它的另一种方式

沿着堤岸
河水的指尖弹奏叮咚
弹奏着曾哭泣的季节

一双眼长满无数双耳朵
大地迎来那么多的来路与归途

花瓣的终身托付于一粒种子
根是它的出生地
那里更有,它的爹娘

沦陷

这样的词语
还能开几次花
打开一盏灯寻找

一封发黄的信笺
写满青春

几笔浓情话语
波澜半辈子
岁月流下的雨水
无须责怪

只是面对仅剩空壳的躯体
我们曾经的肉身
又带走了什么

叶子在四季都在跳舞
不管风会不会挽留
明月传来阵阵清香
碎片在空中
越飘越远

假面具

看见了灯光下一只猫的诡异
风传来的信息
没有关于云朵,关于月亮

成串的蔷薇依然发着光
它们截获了春天的一部分
也诠释着
曾经的幸福与美好

天空每天活着
大海也是

一群蚂蚁扛着一座城
它们的眼底一会儿有
草原
一会儿有星星

一扇窗抱紧大地
承夜晚无人

随缘

空空的世界,如
空空的我
直立在纸上的文字
远离悲歌

贴紧河水的一枚枫叶
喊醒一座山
匍匐的绿蔓延着生死

月亮紧扣掌心
指尖抛出的几十年
余温还在
擦亮的蝴蝶,黑夜
纷飞

包裹千年的一滴泪,晶莹
聚散
风的尽头,梦一直在
搁浅

一朵莲花祈福的春天

静放因果
落叶搀扶的灯
明暗天涯

第四辑　事物的两端

旅途

缓缓驶动的列车是躯体的一部分
从日出到黄昏

鲜花与掌声粉饰岁月
云烟过后只是逐渐暗淡的灯
天上的星星清点着我们

斑马线弯曲着风雨
弯曲着奔跑着的
一个个你我

石头从不说孤独
行囊里有那么多的月亮

只是多年以后
落叶终将抵达故乡
父亲说过,他只听得懂方言

方寸土地
替我们收获着
人间冷暖

希望之光

把黑暗烫一个洞
指尖跳舞
所有的不幸与遭遇都碎裂成靓丽身影

人生就像一次次穿越隧道
沿途风景会唱歌
那些传说中的故事
石头并不能全部叙述

天空如此湛蓝
一匹马,月亮,星星不知疲倦
还有草原上与蝴蝶媲美的格桑花

划过的丝巾就像迷雾
闪亮的眼睛
有你,更有我

又一个世界

斑驳的灯光让影子不再沉寂
那些山山水水
那些一草一木
分明是正在活着的家园

现实与灵魂之间的互通
这一刻,相信了

这份一笔一画勾勒与
锋转的美
这份生活之外的繁华或空寂
我的血脉在沉浸中偾张

如一匹马驰骋于草原
如蒲公英游离于另一个世界

我被坠入大海
我被拖进黄昏
我,忘记了回家的路

我们正在"回家"的路上

拓荒者

总是被反复修改
横穿躯体里的路

不相信命运会被提前安置
不断锤炼
从孤独与渺茫中突破养分

月亮最先围住一座岛
大海坠落无数个远方

关于幸福的名词
用岁月缝补与见证

多年以后
像星星一样发光的灯
泛起了众多,无法平息的浪花

刀客

行走江湖
用一把刀明辨是非

藏于袖口的乡愁
用一支烟燃烧孤独
风卷起的衣角
在一扇含着远方的窗口徘徊

刀尖削落的不平
伸张正义

人间
从此冰一样清亮

秋风引

不断地用秋风修剪自己
比一本书还厚的言语
散落满山遍野

其中的九月为芦花而来
大片的白扬起盛大仪式
枫叶总是最先忍不住腮红
下山的路途充满呢喃

徐徐降落的枯蝶
遵守承诺
种子藏着它们的前世今生

天空有不停歇的翅膀
苍茫,是第二种飞翔

指缝间的阳光

当流水寸步难行
一艘船自然就会搁浅
此时的岸,不是救命稻草

如同被狂风淹没的云朵

自由与流浪并不相同
巴厘岛的浪漫或许
用一颗石子就能击碎
不用相信在刀尖上旋转
就是创造奇迹

一座山移动后
天才会发白
侥幸都是危险的系数

回过头,从一条路的伤口反省
答案其实一直存在
希望一直都在

底色

蓝色与绿色有时是等同的

天空越来越薄
树的眼睛也更加清晰

大海的精灵捕捉礁石
浪花这最亲密的伙伴
日出,日落一起丈量

雾霭在执着面前又算什么
打破枷锁
创新思维与放开
相信一朵花沿着山崖
会削去更多的陡峭与锋芒

春天因此会收获
更多的嫩芽
更多的辽阔

半支烟叙事

不急于揭露一颗石子
关于它的冷暖

一滴水走远了
源头自然更远
更多的浪花聚集
掀涌的欢乐自然不是虚构

光阴的沙砾筑起许多海
边界线上辉映的黄昏
燃起几缕青丝
升腾的雾气
与窗口吻合

半截烟头烫疼天空
弹去烟灰
如同拂去了更多谜底

落日研究

我相信洒在海面的碎金
是那些用尽全力的雪花,在人间
最后发出的光

一座岛屿可以有许多
叫作孤独的名字
一生的天涯身不由己

当穷尽了岁月
落花,流沙
只是如纸蝴蝶一样

天空因此并不急于坠入
黄昏擎起几片钟声
记忆的砝码习惯往一边倾斜

即便只剩孑立身影
仍是重新升起的太阳

破冰

文字在一首诗中无从安置
最初的铁塔原地耸立
二月真的能否收回所有经过的冬天
六棱花,这窗口最后一轮风声

时光是把利刃
割开大地的伤口
裁下海里每一朵云

每天提供那么多赞美
在一张孩子慌乱而无助的脸庞
成了空壳
烟火正焚烧着一切
包括许多人,倔强的眼泪

远处琴声踏破尘缘
所有一切皆是因果
落下的一粒沙能救一颗种子
黑白历史
活着的,也都是

四季轮回

天空的云彩或冷或热
万事万物枯黄交替

唯独我们之间
只用思念
写上永恒

月亮弯成你的眼
秋风里,有你的名字

只陪今生,没有来世

暗器

将笔端伸向黑夜
帷幕扯下
一朵花的牙齿发出声响
冬天,或许能这样被嚼碎

贴向海面的脸忘记妩媚
忘记一个叫女人的名词
拥抱波涛汹涌
与经过的伤痕平起平坐

雪花,是用不累也用不旧的
它能把喜怒刻在骨骼上
而且一直是那么轻又那么重

旅程就是奔跑着的归途
沙漠牵着驼铃
一路出发,一路憧憬
更与一朵花,一路
聊生死

界限

一

如果一些词语用久远了
心,会不会跟着一起疲惫

它们包罗万象
它们从另一个世界跋涉而来
那些空了的呼吸
那些已漂白的情感
被称呼死亡或者落叶

遗失的眼睛,挂在月亮上
起风的日子,就是
海波动的时候

奔跑的地平线
不知划出了多少千山万水
刚出生的婴儿,一座坟茔
只是其中之一

满页纸笺,飘动
天上人间

二

什么时候成了两条陌生的平行线
我们曾彼此交换过鱼尾纹
我们的额头也饱满过春天

落在窗台上的文字与
风厮守
轻唤一个人的名字
变成梦的习惯

在月亮上放逐一匹马
那里也有翠绿的草原
有三月的萤火虫与冬天的花香
有转身的脚步

常常把自己沉入河底
窒息的边缘疯狂是最无底线的
岁月或许能越过一切
包括你我

三

从一片雪花到一片雪花
从冰点到雨点
一张机票的距离

季节是个神奇的事物
就连乡愁都无法辩解
不愿往更深处走去
我怕找不回自己

一座城市敲打着另一座城市
街头说着各自的语言
夜深了，一本书的内容持续升温

桃花一定在蜡梅之后开吗
所以必须捧出全部的光
去唤醒

第四辑　事物的两端

突破

脚步停留在沙漠的掌心
五指穿透的脊背都是山

把肢体剥离成一艘船吧
我们是海的女儿
黑夜是禁不住攀爬的
就算四周都布满汹涌

不要轻易拒绝
"这悲情的世界,薄凉的人世"

其实那只是暂时的
不信你看
一棵草散落的草籽
不远处正发芽,清脆生长
每一枚叶子,都自带太阳

我确信
这是一次明亮的遇见
没有一滴雨水

于无声处

整个夜晚,仿佛都是我的了
两岸的柳丝垂着暮秋
坠落河中的星星
与鱼虾、草儿、灯光倒影又混为一体

看着被搅碎的水面
处处充满喜感
只是我们中年之前那些丢失的叶片
该安放何处

特别是那天撒了一路的玫瑰花瓣
是否寻到心中期待的远方

划过月亮,刺破的风
正又一次悄悄袭来

天将晚

过于热闹的白天,或许只是一种假象
被秋风差点抽空的身段
终于有了休憩的机会

状似逗号、句号、省略号的事物以及城市崭新的灯盏
它们用饱满或柔情叙述成长
天空有许多关于丰收的赞美词
它们知道这一切,原本
该属于谁

不去打扰这些夜晚临近的梦
老树摇曳着,故乡的童谣
贴紧的大地
正翻腾,一片海

骨架

或许这才会是永恒
肉身的框架，空了灵魂
遥望的姿势，一站就是千年

钙质的岁月
孕育阳光
黑的尽头，才是出口

指尖，无比柔韧
一次次试图让其与风一起复活

篱笆墙有太多的重围
玻璃花沾满的露珠
一遍又一遍替它们擦洗尘世

穿过黑夜的河流

天空,曾只剩碎片与雨点
回首
感慨还是没能忍住

任何诡计与阴谋都会败露
执着与信仰一样辽阔
黑又算什么

季节的两岸溅起浪花
堆砌的雪
快乐重获自由与一直有爱的鱼虾

每一个拐弯
都是漂亮的转身
从黎明出发的太阳
与昨天一一告别

悬挂天际的彩虹,亮艳无比

在夜的边缘

喧嚣的尘世在一盏灯下端详自己
在长发上别一朵野花吧
因为它能把一座山搬来

搬来清泉的叮咚
搬来明亮的蝴蝶
还有一株株忘忧草

呼吸其实是一道道篱笆
获取自由与尊严需要更多的氧气
不断在白天的背面自省
与释放
影子因此不断壮大

而不断撕去曾摔疼的一页页
那是摈弃的风雨,相信
会有更多的黎明
立起来

当黑啤酒参与沉默

一座房子没能控制贪欲
命运或许还会被一辆车扣押
草,或者更多的树需要的阳光因此隐蔽

尘埃赋予的思念能把
一盏灯点燃
空了的杯子时常提醒一边的黑啤酒
斟满的泡沫究竟让多少黑夜装疯卖傻

还是与压扁的句号一样
再怎样无言也是一种
隐忍的圆满

我在等更多的翅膀
跃出窗外

陀螺

旋转着童年的快乐
无忧的岁月在遭遇的每一鞭子中成长

星空中的秘密也在不断更新
这些不可言说的事情
往往是黎明前的核心

日出捧起新的一天
怀揣稚嫩的笑脸
一座山的期待
向一面镜子告别

一日日，一年年
坚守心中的那份明亮
在尘世起伏的海洋中
轮回

活着

在人间活着的天数是有限的
醒着的天数更是有限的
努力芬芳走过的日子
努力用苦难打磨棱角

一幢幢楼房都是有思想的机器人
孤独与压力时常让它们与一棵树、一条河对话

让岁月保持原有的姿势
缤纷的世界其实离现实很远
在这样的空间里
一块砖,一片瓦
半梦半醒

深夜,摘下面具
现实其实只有够蜗居自己的一张床那么大
灯光数着回家的身影
落在枕头上的梦
补充尘世的善恶
与幸福

空

所有目及的颜色都是沧桑
比如落叶,能把一棵树清零

雪花挥舞
到太阳出来,就会与影子一起失踪

若干位阿拉伯数字
与足以炫耀的一张张烫金字体纸
在夜的呻吟中,都成了扔一边的摆设

是炊烟带走了这些人间事物吗
连同一起进出的列车

如果不是
我站在一扇窗前
俯身远望,为什么时常还会被呛得
泪流满面

空杯子

秋天的天空离地平线最远
风,渐渐吹落了树叶、芦花
也吹瘦了那扇故乡的门

一天,两天,一月,两月
掰着手指数数,这一年离家那么漫长
窗台上的阳光与我交谈无数次
时间久了,他乡亦故乡

可额头渐生的雪告诉我
哪一片来自哥哥与孩子们
哪一片来自八十五岁的母亲
哪一片来自隔着泥土的父亲

深夜,我腾出所有的月光
所有隐藏内心的蝴蝶
所有波光粼粼的海

如一只明亮而脆质的杯子
不沾一滴雨水
不留一丝风声
空出自己

故乡,似雪花那么大

还是不能确信
游走在你的躯体之外
埋头耕植的土地
传来水声,传来光
传来片片雪花

树,收起了风扬起的美
留下一地秋演变的枯白
光秃秃的枝头仿佛要
喊醒天空
天空中飘零着一些
来自异乡的叶子

这些似雪花的叶子,四海为家
云朵举起的流浪
马不停蹄

孤独、冷不仅是石头才会有
尤其是冬天
而温暖这样的一枚叶子
只需一片雪花那么大

眼睫上的蝴蝶

仿佛满世界都属于它们的
在每根窗棂下挑起春秋
由来已久的爱恨
留与冬天和解

就算滴雨的枯蝶
也会有大地温暖的拥抱
弹一首心仪的曲
青石巷梦里,有一把坚持的油纸伞

那些顽固的碎石只是流言
不辜负美好的信念
与生死无关

月光下有不老的翩跹

孤独

雪山，除了白还是白
几声雁鸣，是
天空的恩赐

读懂它，如同
走进一个人，需
耗费几世的时光

一切都在注定与不确定之间

又有什么意义
尘世那么多的唯一
掏出心扉的河水

用浩荡与之衔接
衔接所有的
虚构与忍住的雨水

压扁的句号

或许尘世太重
这些
被风雨依次压扁的句号
在叠加,在
相依为命

河流、山川都是它们的母亲
信仰供奉的日月
心中开花

静默的幸福
踏破堤岸
阳光,一步一步走来

书写人生

宋体、草书、行书……
雕刻着风雨五千年
影子,一棵树认领

陌生的、熟悉的挤满
长或不长的路一视同仁
朝阳抚摸
经过又一夜的悲喜

思绪铺垫的情节
起起伏伏
鸟鸣、花开、海底的喧嚣
都是每一颗精彩的钻石

从没忘记过的
流浪呵护

山河与天地之间
新旧更替

直立的姿势

一棵草感谢风雨的灌溉
一地的冰凉
不再是无关的事物

窗外,树上的叶片挂满碧浪
把阴影冲碎
没有哭泣

细想,休止符与什么有关
都是徒劳的
"狼来了"寓言过我的童年
却用中年见证了

计较,注定失败
那么就一笑而过
看着
再多的纸花盛开

天堂的父亲说过
骨头撑起的天空最美

悬崖

提着雷电走路的人,习惯了黑
轻重都被推向末端
截断的翅膀
削落海的声音

九十度的岩石放飞一片湛蓝

阳光,诠释蹉跎
鳞片摁住海底
闪亮的一滴泪
涌现对岸

一艘船衔着远方,还有风帆

在浮世

月亮倾斜着背影
天空抚摸一粒尘埃的雨水
那击碎的泡沫
色彩飞扬

最难把握的是四季
却又冷暖自知,而
大地这唯一的家园
见证江湖

远处传来的钟声
起源于一座寺庙
安放了一路奔跑的疲惫

其实
一切都是美好的
包括一颗石子

那些不会飞翔的事物

其实即便枯死
依然如石头般复活

挺直的脊梁
天空一片一片撑起
那些疏忽的藤蔓
结满丰收与喜悦

一滴水有清澈的心跳
一朵花有春天的明媚
一些故作姿态的展示
倒不如静静的美丽

第四辑 事物的两端

一闪而过的事物

与一列火车同行
尽量挽留窗外的世界

蒲公英总是那样轻扬
昂着头的漂泊忘记体内的苦
那些遮阳的伞
替人间收藏冷暖,用
淡化了的肤色
见证岁月

再有努力发光的萤火虫
最后一刻,仍紧抱枝头的枯蝶
以及装着一个个故乡的田埂

它们,一直在替我们
活着

一些忽略的事物

就如你的名字一样
在冬天,偶尔被黑夜提起

那些窗口透过的经年
有时比花朵娇艳,鹅卵石印满图腾
依然曲曲折折

当浪花破碎时,远方的弦
也随之断裂
山谷回放,一切都可忽略不计

狮城的天空有星星
和月亮,还有一些被我忽略的事物

自渡

蝉用几年甚至几十年的黑暗换回
几个月的歌声
昙花的美更是绽放的刹那间

如此短暂,或许能让迷茫
在一杯酒中看到阳光
能让所谓的矫情自行退却

趁着月色正好
借一把椅剖析过往
墙面的影子渐渐消失
只剩一只空酒杯

空酒杯此刻却是满满的

月亮上的蛇

似一只妖娆的眼睛
温热移动的波浪

脱离人间,是否此处皆是桂花
孤独成了一首最亮的歌

所以干脆
把存在的希望燃烧

这里的希望是蓝色的
海的天空
所有的土地都画成了"Z"形
天梯因此随处可见

交错的骨骼生长无形的抵抗力
芯子吐出的花
比肩一朵云

因此,断桥不断
一把伞在这里,也不是清凉最终的命运

创作谈（后记）

不知不觉，距离第一本诗集出版已经五年，这五年我们一起感慨，又一起抱团取暖。阅历的增加让人更加懂得亲情、友情、乡情的可贵。

人间真的有许多值得的地方，比如值得回忆，值得尊重与呵护。

用诗歌把情感表达出来，这是唯一的方式，因为热爱，而不是喜欢。

一次次在故乡与异乡之间往返，月亮是我们共同的思念，岁月聚成了长长的河。

二十多年前父亲的突然离去，是我今生的痛，这种痛苦不是说仅用诗句能够完全释怀，但又不得不这样去表达，因为诗歌是灵魂，比酒与咖啡管用。

第一本诗集《岁月有痕》出版时张德明导师就指出："在我看来，她如果能在现有的创作基础上，适当减缓情绪流淌的频次和速率，同时增强话语的陈述的密度，她的诗歌水平还将获得很大提升。"所以后来我特别注意这点，谢谢恩师指教。

有过几次瓶颈期，每一次都很茫然，甚至怀疑与否定自己，最严重的一次有半年多一首诗歌没写。没有被诗歌遇见，绝不会去写，写出来的肯定是空洞的文字，而不是诗，因为诗歌是有生命的。

  兜兜转转，与其说还是放不下，不如说是这灵魂出口一直等着我。沉浸进去，真的会忘记孤独，忘记得失，仿佛进入另一个世界，身心得到解脱，所以诗歌是我的又一个生命。

  相信诗歌应该有年龄，写的时间越长，学习时间越多，会越成熟，越能感到之前写的那些的不足之处。

  青春易老，而诗歌不会老去。多少年后，当繁华落尽，月亮河面撒满花瓣，泛起点点星光，那些景色仍被眺望。

  这部诗集得以顺利出版，感谢我的导师南方诗歌研究中心主任张德明教授百忙之中写序，感谢冯福君老师帮忙整理诗集稿件与写评，感谢所有一直鼓励、支持、帮助华美的老师、同学、诗友、家人们。祝福，感恩！

陈华美
2024 年 11 月 16 日于新加坡